子どもたちのフランス近現代史

天野知恵子
Amano Chieko

山川出版社

子どもたちのフランス近現代史　目次

第4章 「占領期」の生と死

子どもたちのフランス近現代史

「物語」をとおして子どもの歴史をたどる

本書は、フランス近現代史に焦点をあて、子どもの歴史を取り上げた試みである。だが、子どもの歴史を書く、というのは、じつは簡単なことではない。というのも、どの地域の、いかなる社会層においても、子どもが生まれ育てられるからである。王侯貴族の子どもと、貧しい下層の子どもとでは、どのように世話され、何をいかに教えられ成長するかという点で、大きな違いがある。子どもの歴史は結局、すべての社会層にかかわる歴史である。

子どもの歴史はまた、分析の対象となる時代に関しても制約を受ける。子ども史を開拓したフィリップ・アリエスの主著は、おもにアンシャン・レジームの時代を取り上げていた。そして、十七〜十八世紀をさかいに、子ども、あるいは「子ども期」に対する大人のまなざしが変化することを明らかにした。それ以降、子どもの歴史に関する研究が、近世や中世、古代についてもおこなわれ、大きく進展してきた。ところが近現代史に関しては、そうした子ども史研究は、ほとんどなされてこなかった。革命や戦争といった事件が矢継ぎ早に展開し、おおぜいの人びとの運命をいっぺんに変えてしまうような時代が相手では、子どものあり方やイメージの変化をたどるような手法は、あまり有益でないからである。そのうえ、近現代の子ども史においては、学校教育の進展や、福祉制度の確立といった観点からの分析も不可欠であり、アプローチは多様化する。

本書はだが、そうしたことを承知のうえで、おもに十九世紀、二十世紀のフランスについて、子ども像や家族像を軸に子どもの歴史を語ろうという一つの試みである。その際手がかりとして用いたのは、多種多様の「物語」である。いろいろな文学作品に加えて、さまざまな人物の自伝や回想録、さらには、子ども向けに書かれた読み物——そこには、いわゆる児童文学もあれば、歴史の本や教科書もある——が本書の題材である。作品のなかで、子どもが、あるいは親が、家族が、いかに描かれているかを紹介し、ついで、その作品の背景に、どんな歴史的事実を考えることができるかを考察する。このようなやり方を中心に、以下の四つの章において、近現代フランスの子どもの歴史をたどる。

第一章では、十七世紀から十九世紀における子どもや家族のイメージを問う。作品に登場する子ども像の変遷をたどりつつ、それぞれの背景にある社会の特質を明らかにする。家族の姿、たとえば母親がどのように描かれたかにも注目してみたい。第二章では、十九世紀の民衆世界を舞台にして、子どもをめぐる問題を検討していく。さまざまな物語を手がかりとして、下層の子どもたちがおかれた現実の状況をさぐる。第三章では、第一次世界大戦を取り上げる。フランスの子どもたちとこの戦争との関わりを、多様な物語や伝説から読み解いていく。第四章では、第二次世界大戦期を扱う。ここではとりわけ、ナチス・ドイツに占領されたフランスにおいて、子どもたちがいかに生き、死んでいったのかという問題を考察してみたい。

第1章
十七〜十九世紀の子どもと家族のイメージ

「赤ずきん」が語ること

だれでも知っている「赤ずきん」の物語は、ヨーロッパに古くから存在した民間伝承をもとに、十七世紀末フランスの文人シャルル・ペロー(一六二八〜一七〇三)がはじめて文章に書いたものである。そして、「眠りの森の美女」や「青ひげ」、「長靴をはいた猫」や「サンドリヨン」(シンデレラ)など、やはりよく知られている他の話とともに、『ガチョウばあさんの物語』としてまとめられ、一六九〇年代に出版された。のちに『ペロー物語集』と呼ばれることになるこの作品は、子どもの教育に役立つ読み物として世に出されたことから、フランス最初の児童文学として、現在にいたるまで有名である。

だが、『ペロー物語集』における「赤ずきん」の結末は、今日みられるかたちとは異なる。赤ずきんとおばあさんをオオカミの腹の中から救い出してくれる「猟師」は登場せず、

図1　『ペロー物語集』「赤ずきん」よりオオカミと赤ずきん　『ペロー物語集』は現在にいたるまで，世界中で読み継がれている。フランスでは今日，結末を変えず赤ずきんがオオカミに食べられて終わるなど，原文通りの話が，絵本や児童書としてふつうに出版されている。

二人はオオカミに食べられたままで終わるからである。そのうえペローの作品には、話が一つ終わるたびに子どもに与える「教訓」がついていて、「赤ずきん」の教訓には、次のように書かれている。

　これでおわかりだろう、おさない子どもたち、とりわけ若い娘たち　美しく姿よく心優しい娘たちが　誰にでも耳を貸すのはとんだ間違い、そのあげく狼に食べられたとしても　すこしも不思議はない。

結末が残酷であるばかりか、性的な意味合いさえ露骨に示しつつ、赤ずきんの不用心を責めている。この教訓をみると、これが「子ども向けの読み物」なのかといぶかる人も多かろう。だが、首をかしげたくなるのは「赤ずきん」についてだけではない。ペローの物語集を読むと、他の話においても、残酷な情景や意表を突かれる「教訓」に出くわす。たとえば「親指小僧」。体が小さいことから親指小僧と呼ばれた木こりの家の末っ子が、兄弟とともに親に棄てられ森のなかをさまよう。人食い男の家にたどり着き、あやうく殺されそうになるが、小僧は一計を案じる。賢い小僧にまんまとだまされた男は、兄弟と間違え、なんと自分自身の娘たちの首をかき切ってしまうのである。また、よく知られている「眠りの森の美女」の物語は、王子が眠り姫を目覚めさせてめでたく結ばれるところでは

図2　『ペロ　物語集』より「親指小僧」　親指小僧と兄弟たちが人食い男に捕まった場面。
図1・図2とも，19世紀の再版本に掲載されたギュスターヴ・ドレの挿絵。

終わらない。王子は姫を国もとへ連れて帰るが、王子の母親はじつは人食い女で、息子の嫁や生まれた孫を食べたいと願う。「眠りの森の美女」の後半は、人食い女をいかにあざむき、生き残るかという話になる。

さらに、三人兄弟の末息子に残されたのは猫一匹であったという書出しではじまる「ねこ先生または長靴をはいた猫」。猫は知恵者でさまざまな策略をめぐらし、末息子をついには王女の婿《むこ》にしてしまう。この話の「教訓」には、次のように書かれている。「父親から息子へと贈られる　豊かな財産を受けつぐのが　いかに恵まれたこととはいえ、ふつう若者にとって、世渡りの術とかけひき上手が　もらった財産より役に立つ」。

ペローの物語集は、ユーモラスで軽快であると同時に、血なまぐさく凄惨《せいさん》でもある。誠実さや正直さを称えているが、相手を出し抜く知恵や用心深さが称賛されもする。それだけに、単純ではなく一筋縄では説明しにくい。その点こそが話のおもしろさであり、魅力であるともいえる。このような話にはいったい、どんな意味が隠されているのであろうかと、深層をさぐってみたくもなる。実際にこれまで、ペローや十九世紀ドイツのグリム兄弟の物語集など、民間伝承をもとにして書かれたヨーロッパのいわゆる「昔話」については、さまざまなアプローチから多様な分析がおこなわれてきた。そうした探究の詳細は、ここではさておくが、歴史学の立場から一つ確かに言えることがある。それは、そうした物語集には、当時の世相が実際に反映されているということである。

ペローが物語集をまとめた十七世紀のヨーロッパは、周期的な大量死亡に特徴づけられるきびしい社会であった。たびたび起きる凶作が飢餓《きが》をもたらしたうえ、ペストをはじめとする疫病《えきびょう》の流行が頻発したからである。三十年戦争に代表される国際的な戦争が状況をいっそう悪化させ、フランスでは農民一揆があいついで生じた。社会のいたるところに死の影がつきまとっていたのであり、十七世紀の初頭と末を比べても、フランスの人口はほとんど増加していない。一歳までの乳児の死亡率は二五％で、二人に一人の子どもしか、成人になることはできなかった。

そうした条件のもとでは、家族のあり方も、今日と同様ではない。たとえば妻を早くに亡くした夫は、再婚することが多かった。家業を営み家計を維持し、後継者となる子どもをつくり世帯を切盛りするためには、妻というパートナーが必要だったからである。この時代、社会のあらゆる生産活動は家族を単位として成り立っていた。家業を営むことはその家族にとって大切だったばかりでなく、市場に生産物を送り出すためにも不可欠であった。結婚においては、初婚でも再婚でも、財産や地位や身分の釣合いが考慮されたが、家産がそれほどない場合でも、ともあれ家業を成り立たせることが、まずは重要であった。そうしたなかでは、当人同士の気持ちでさえ二の次、三の次であったから、再婚に際して子どもの気持ちなどが考慮されることはなかった。『ペロー物語集』の「サンドリヨン」は、「むかし、ひとりの貴族がいて、誰もそれまでみたことのないほど高慢で思い上がった女と再婚しました」という書出しではじまっている。冒頭から波瀾含みであるが、十七世紀のフランスでは、継親・継子関係は実際によくあることで、継親ぎらいや継子いじめも、本当に起こりうることだったのである。

実の子どもに対してすら、優しい愛情が注がれたわけではない。「親指小僧」の物語で、小僧が兄弟とともに人食い男の家に迷い込むにいたった原因はそもそも、実の両親に棄てられたからであった。貧しい木こりの夫婦は、食べ物がないからというので、森のなかに子どもたちを置き去りにしたのである。この点においても、物語の背景には現実があった。大きな飢饉《ききん》がフランスをおそった十七世紀末には、捨て子が多かった。道ばたに棄てられ、雨風にさらされて息絶える幼い命を少しでも減らそうとして、パリでは一六七〇年から、捨て子養育院の整備がおこなわれている。親の身もとを知らせず子を棄てることができる「回転箱」(一種の「赤ちゃんポスト」)が設置されたのも、そのためである。このように、十七世紀のフランスの家族は、今日われわれが「家族」ということばからイメージするような、夫婦・親子の強い愛情で結ばれた絆《きずな》でも、憩いや団欒《だんらん》の場でもなかった。

そのうえ十七世紀の社会においては、「子ども」と「大人」のあいだに、必ずしも明確な境界線が引かれてはいなかった。農民や職人の子どもたちはしばしば、ときには十歳になる前に、召使いや徒弟《とてい》や見習いとして他の家に働きに出た。貴族階級の子どもたちでも、親戚友人の屋敷に修業に出されることがあった。そうした子どもたちは、早くから大人に混じって生活しながら、大人世界のもろもろの側面を見知っていくことになった。

大人と子どもの未分離、という現象はたとえば、十七世紀にピークを迎えた「魔女狩り」において見て取ることができる。魔女裁判では、通常の犯罪では罪を問われないような子どもたちでも、魔女や魔法使いとして告訴され、処刑されることがあった。というのも、悪魔に仕える行為は大罪であり、幼い子どもであっても容赦されないと考えられたうえに、魔女になるということは、家族を巻添えにしやすく、子どももかかわるからというのである。フランスでは十七世紀初頭、東部ナンシーで十二歳の少年が魔法使いとして火あぶりにされたのが、魔女裁判における最初の子どもの犠牲者であったといわれる。

一六一〇年代から二〇年代の北部ノール地方では、魔女狩りをめぐって、とりわけ陰惨な事例が報告されている。七歳か八歳であった子どもたちが魔女として告発され、七、八年間幽閉されたあげく、「年頃になるのを待って」処刑されたというのである。このケースでは、なまじ子どもだと判断されたことが、いっそう残酷な結果をもたらしたといえよう。その一方で、魔女裁判においては幼い子どもの証言も取り上げられることがあり、十歳にも満たない子どもの告発に基づいて、大人が処刑されるという事例もみられた。

このように、十七世紀の社会は、子どもだからといって特別な配慮がなされるわけではなく、荒々しい現実が冷酷に待ち受ける世界であった。そのなかで生き残るためには、状況をみきわめ、機転をきかせ、賢く立ち回る必要があっただろう。どこにどんな罠《わな》がひそんでいるかもしれないので、用心怠りなく過ごし、危地を脱していく知恵が求められたであろう。そうした意味において、『ペロー物語集』に記された話や教訓はまさしく、子どもの「教育」に役立つものであった。生き抜くため、生き延びるために幼いうちから知っておくに越したことのない貴重な助言や戒めが、そこには書かれていたのである。

十八世紀の「良い子」たち

ペローの同時代人ラ・フォンテーヌ（一六二一〜九五）が、古代ギリシアのイソップ物語集を下敷きにして、やはり子どもの教育を念頭におき書いたという『寓話集』(一六六八年)もまた、フランス児童文学の古典として語られる作品である。そこには、『アリとキリギリス』(ちなみに、ラ・フォンテーヌの作品ではキリギリスでなくヤミである)や、「北風と太陽」のようなよく知られている物語がおさめられている。そのひとつに、「カラスとキツネ」の話がある。チーズをくわえて木にとまったカラスに対して、キツネがお世辞を言う。おだてられたカラスは、美声を聞かせようと一声鳴いてチーズをとられてしまう。キツネはこう忠告する。「ご親切なお殿さま、覚えていることですな、へつらい者はみんな、いい気になる奴のおかげで暮らしていることを」。ペローの物語集と同様に、社会の世知辛《せちがら》さや狡知《こうち》の力を子どもに示した作品といえよう。

この『寓話集』が出版されて一世紀後に、これは子どもの教育に良くないと、批判の声をあげた人物がいた。教育論の名著と称えられる『エミール』(一七六二年)の著者、ジャン＝ジャック・ルソー(一七一二〜七八)である。ルソーはまさにその『エミール』において、「カラスとキツネ」の話を逐一検討しながら、「だまされたやつを見て自分の欠点を改めずに、だましたやつを見習って自分もそういう人間になろうというおそれ」があると指摘している。「子どもはみんなラ・フォンテーヌの寓話を習わせられるが」とルソーは書いている」、それを理解できる子どもは一人もいない。理解できたとしたら、もっとまずいことになる」。いったい、ルソーはなぜそのように言うのであろう。一世紀のあいだに、何が変化したというのであろうか。

十八世紀後半、フランスでは農業生産力の上昇によって周期的な大量死亡をもたらす飢饉が克服され、人口の恒常的増加を背景にして経済成長の時代がはじまった。「進歩」が実感され、啓蒙《けいもう》思想の展開する土壌がつくられていった。乳児死亡率は確実に減少し、十八世紀末から十九世紀初頭には、三人に二人以上の子どもが十歳まで生き延びるようになった。そうしたなかにあって、家族や子どもに対する人びとの関わり方にも変化が生じる。とりわけ、経済の発展とともに力をつけてきた一部のブルジョワ階級のあいだでは、愛情に基づく結婚や、太い絆で結ばれる家族のあり方が好まれるようになった。

そのような家族を「近代家族」と呼ぶ。『ペロー物語集』の背景にみたような家族ではなく、夫婦や親子の親密な関係を追求する新しいタイプの家族の登場である。そしてこの「近代家族」においては、子ども期が人生の重要な時期として位置づけられ、子どもは大人が深い愛情と真摯《しんし》な配慮をもって接するべき存在として、イメージされるようになった。子どもを家族の中心におき、愛情に支えられ情緒的に安定した家族関係の構築がめざされるとともに、子どもに十分な教育を与えることで、社会的上昇の希望も託されたのである。

そうした社会の風潮は、十八世紀後半のフランスにおいて、教育論が流行したことからもうかがえる。教育をテーマにした書物の出版数は、一七一五年から五九年までのあいだには五一点であったのに対して、一七六〇年から八九年のあいだには、一六一点に増加している。『エミール』もまた、その流れのなかで書かれた作品である。子どもをいかに育てるかが、大人の真剣な熟慮の対象となった。と同時に、無邪気で愛らしい子どもの姿が好感をもって迎えられるようになり、親子のほほえましい情景や子どものかわいらしい仕草を描いた絵画が流行した。子ども用の衣料や家具、玩具などがはじめて商品として広く流通するようになるのも、この時期のことである。

子ども向けの定期刊行物も発行された。なかでも、新しい傾向をフランスでいち早く取り込み、「近代家族」イメージのいっそうの普及に貢献した作品として、アルノー・ベルカン(一七四七～九一)の『子どもの友』をあげることができる。ベルカンは当時のフランス最大手の出版業者パンクーク(一七三六～九八)と親しかったジャーナリストで、予約購読のかたちで『子どもの友』を一七八二年から二年間にわたり刊行した。毎号に六つの物語を載せた月刊誌である。『子どもの友』が成功をおさめたことは、刊行終了後すぐに書巻のかたちにまとめられて販売され、外国にも紹介されたことや、一七八四年にはアカデミー・フランセーズから「有益作品賞」を贈られていることからもうかがえる。

『子どもの友』はどんな作品だったのであろうか。著者の主張をよく伝えている例として、「弟」と題された創刊号の第一話をあげてみよう。五歳の少女が新生児を見ながら父母と会話する。母親は母乳で育てると宣言し、父親は、おまえもまた親の手厚い保護のもとで育ってきたのだと語る。

おまえが転んでも痛くないように、おまえの頭の回りに、詰め物をしたビロードの鉢巻きをまいたものさ。歩きはじめるのを助けるため、体にひもをつないだりもした。私たちは毎日庭の芝生に出て、少しあいだをあけて立ち、真ん中におまえを一人で立たせて、あっちへ、またこっちへおまえがくるよう、腕をさしのべたものだ。おまえがちょっと失敗しても、すごく心配したよ。こうしたことを繰り返して、おまえに歩き方を教えた。……私たちがこれから、おまえの弟をどんなに世話するか見ていてごらん。そして自分に言い聞かせるのだよ。私もお父さんとお母さんに、こんなに世話をかけたんだって。

父親にこのように教えられた少女は、親の言いつけを守る子になろうと努力する。『子どもの友』にはこのように、導き手としての父親や、子育てに専心する母親が登場する。子どももまた聞分けがよい。よくない場合でも、親にさとされてよくなる。そこには、強く太い絆で結ばれ、愛情に満ちた家族の姿が描かれている。

だが、もとよりそれは、現実にはほとんど存在しない美化された「家族」でしかなかった。実際、こののち十九世紀をとおしてずっと、ブルジョワ階級の結婚は、地位や財産の釣合いを考慮して周囲で取り決められるものでありつづけた。結婚には財産が絡むゆえに、けっしてたんなる当人同士の問題とはなりえなかったのである。それでも、愛情に支えられた和《なご》やかな家庭のイメージは、家族の理想的な姿として、人びとのあいだにだんだんと普及していくことになる。

「家族」の変貌にともない、十八世紀後半からは、子どものイメージにおいても大きな変化があった。大人がなにより子どもに期待するようになった点は、素直さである。子育てに腐心する親の思いをそのまま受け止められるように、子どもは無心であることや、純粋であることが望まれた。早くから世知に長《た》けた大人顔負けの子どもなど、もってのほかであった。皮肉のきいたラ・フォンテーヌの物語を、ルソーが教育書としては退けた理由も、そこにある。ルソーはもとより、ベルカンのように単純で通俗的な主張を展開したわ

図3　幸福な家族　ベルカン『子どもの友』の挿絵。19世紀の再版本より。ベルカンの作品は，その後1世紀にわたって，全集・選集・単一作品などさまざまな形態で出版された。その総計はフランスだけで300版におよぶ。また，ドイツやイギリスをはじめヨーロッパの植民地など，国外にも紹介された。

けではない。だが彼もまた、新たな時代の側に立つ論者の一人であった。

子ども像に新たな局面をもたらしたのがフランス革命である。激動の時代は、「純粋無垢」な子どもを疾風怒濤《しっぷうどとう》の歴史の舞台に立たせることになった。一つ例をあげよう。革命期後半の一七九七年頃、『有名な子どもたちの生涯』という本が出版され、まずまずの成功をおさめた。これは、歴史上に実在する「有徳」の子どもたちを紹介したという読み物である。古代ガリアから十八世紀アイルランドまで、時代も地域も舞台はさまざまであるが、二〇ほどのエピソードが語られている。そこに登場する子どもたちは、そのほとんどが純真で親孝行でありながら、残酷な運命に見舞われて悲劇的な死を遂げる。著者はA＝F＝J・フレヴィル（一七四九〜一八三二）といい、教師をしていた人物で、ベルカンと同様、通俗的な教育書を何冊か書いている。だがフレヴィルは、ベルカンのように作り話によってではなく、実話とされるものを劇的な物語に脚色するかたちで本をまとめた。そのほうが読者に強烈な印象を与え、感動を呼び起こし、子どもたちの徳性をきわだたせてくれるからというのである。

『有名な子どもたちの生涯』には、グロテスクな、あるいはホラーとさえ言えるような話が、いくつも収録されている。たとえば、古代ガリアの将軍の孝行息子たち。両親がローマ皇帝に捕らえられ処刑されたと知るや、食を断って衰弱死する。また、アイルランドの勇敢な少年水夫は、鮫《さめ》に食われて死ぬ。海に落ちた令嬢を助けようと水中に飛び込んだ父のあとを追い、自分も海に身を投じたからである。中世のフランスを舞台にした貴族の少年少女たちの悲劇もある。謀反《むほん》を起こした父の処刑に立ち会わされたうえ、弟をかばいながら拷問《ごうもん》死する少年。母が父に殺されることを予見して、苦悶し息絶える少女。読めば確かに、息苦しくなるほど印象的である。ただし、子どもたちの徳性よりも、後味の悪さのほうがきわだってしまうが。

フレヴィルの物語には、フランス革命が色濃く反映されているのを見て取ることができよう。反乱、処刑といった血なまぐさい出来事や、運命の変転は、当時の人びとが実際に目のあたりにしたことであった。革命の影響は、子ども向けの読み物ばかりではなく、文学・演劇全般におよんでいる。たとえば革命下では、子どもや若者を主人公にした小説や芝居が流行したという。その背景には、国民の再生を求めて教育が大きな課題となったことに加え、子どもの保護監督権を父親でなく両親に与えて、成人に達した子どもには親権それ自体が廃止されたことなど、民法上の新しい規定がいっとき掲げられたことなどがあった。子どもや若者に対して、人びとの関心が集まっていたのである。そして、そのような作品のなかに、革命のなまなましい体験が取り込まれていった。謎や陰謀が渦巻き、正体不明の人物が登場し、殺人や恐喝《きょうかつ》といった衝撃的な事件があいついで生じる筋書きのなかで、年若き主人公は何度も危険な目にあいながら、勇気や誠実さで困難を乗り越えていく。そうした作品は、人間性や社会に対する洞察には乏しく、文学的な価値という点では評価されるものではなかったが、ドキドキハラハラさせる波瀾万丈のしかけによって、おおぜいの読者や観客を引きつけることができた。この文芸の手法はとりわけ、十八世紀後半に音楽入りの演劇として新たに登場していたメロドラマに導入され普及した。はどなく大衆演劇として発展するメロドラマはまさに、革命を経験したフランスにおいて、「子ども」を主要な登場人物としながら広がっていったのである。

無名の少年たちが国民の英雄として称えられるようになるのも、この時期のことであった。ジョゼフ・バラとアグリコル・ヴィアラは、一七九三年、ともに十三歳か十四歳の年齢だったが、反革命反乱と戦う少年兵として命を落とした。伝説は次のように少年たちの最期を語っている。バラは反徒に囲まれ、「王様万歳」と言えと迫られ「共和国万歳」と叫んで殺された。ヴィアラは、敵からの一斉射撃をものともせず危険な使命に身を投じ、「いいんだ、自由のために死ぬんだから」と言って息絶えた。事実は必ずしもこのとおり

図４　革命期の英雄少年バラ（ヴィールツ画）　バラはヴァンデで反革命軍と遭遇し，連れていた馬を敵に引き渡すことを拒んで殺害された。「王様万歳と叫べと言われ，共和国万歳と叫んで殺された」というのは，あとから付け加えられたエピソードであるが，第三共和政期にはとりわけ，愛国心教育の格好の題材として，広く紹介された。

図5　革命期の英雄少年ヴィアラ（S＝デフォンテーヌ画）　バラと並び革命期の英雄少年と称されたヴィアラは，1793年にフランス南部で生じた反乱の際，敵の渡河を阻止するため浮橋の綱を切ろうとして銃撃され，命を落としたと言われている。

ではなかったのだが、革命家たちはそのように語って彼らを称え、二人の伝説を広めようとした。フレヴィルと同様、革命を守るために非業《ひごう》の死を遂げたという「純真無垢」な子どもたちを紹介することによって、人びとに強い感銘を与えようとしたからである。

この少年たちは、革命独裁の崩壊とともにいったんは忘れ去られてしまう。けれども、一世紀を経た第三共和政の時代に、再びよみがえる。共和国のため戦って死んだという点が、子どもに愛国心を教える格好の題材だと考えられたからであった。バラもヴィアラも、十九世紀末から二十世紀前半の初等学校において、歴史や公民の教科書に何度も取り上げられ、共和国に命を捧げた年若き英雄として、喧伝《けんでん》されることになる。

「鉄道文庫」の小さなヒロインたち

人食いの鬼や口をきく動物が登場する荒唐《こうとう》無稽《むけい》で幻想的な世界を舞台としながら、きびしい社会の現実を描いて子どもへの教訓とした十七世紀。恵まれた家庭の日常生活風景が舞台でありながら、「良い子」のきれいごとを語って実際には非現実的であった十八世紀。激動のなかで散るいたいけな子どもを登場させ、多くの人の心をつかもうとしたフランス革命期。三つの時代を経たのち、十九世紀においては、どのような子ども像が描かれることなるであろうか。

十九世紀は子ども向け読み物が飛躍的に発展した時代であった。一八三六年には二七五点出版された子ども向けの本や定期刊行物は、一八八六年には一〇〇〇〜一四〇〇点を数えるようになっている。この世紀にはじまる工業化は、印刷技術の向上をもたらし、工業化とともに展開する新しい産業社会は、子どもの教育に関心を寄せる中産階級・ブルジョワ層の成長をうながした。また、あとにみるように初等教育が普及していき、識字率が上昇すると、教科書や副読本という新たな需要も生まれ、書物や定期刊行物の読者を増大させた。そうしたなかで、大手の出版業者や著名な編集者が、子ども向け読み物に積極的にかかわるようになった。彼らは、作家を見出したり、作品へのアドヴァイスをおこなったりして、児童文学というジャンルの確立に貢献した。作家と出版社・編集者が結びついて成功をおさめたのであり、現在にいたるまで読み継がれるような作品が、いくつも生み出された。

そうした出版社の一つが、今日なおフランス出版界の大手であるアシェット社である。設立者ルイ・アシェット(一八〇〇〜六四)は家庭教師の経歴もある人物で、当初から学校教材の開発に乗り出していた。この出版社が見出した子ども向け読み物作家が、セギュール夫人（一七九九～一八七四）である。ロシア名門貴族の家柄に生まれ（父はナポレオンのロシア遠征時にモスクワ炎上を命じたともいわれる人物であった）、フランス貴族と結婚したのち、五十代後半になってから、孫たちのために物語を書きはじめた。最初に書いた妖精物語がアシェット社の目にとまり、遅まきの作家デビューとなったのである。

セギュール夫人はどんな子どもの姿を描いたのだろうか。初版で五二万六〇〇〇部を売り上げたという初期の代表作の一つ、『小さな模範的令嬢たち』（一八五八年）を取り上げてみよう。城館《シャトー》に住む豊かな家庭のフルールヴィル夫人と二人の娘を主人公とした作品である。母娘と友人たちのあいだに生じるさまざまな出来事をめぐって、長編の物語が展開していく。二人の娘は優しく愛らしい少女たちであり、夫人もしとやかで聡明である。その点では、前世紀にベルカンが描いたのと同じ家族イメージが語られているといえよう。だがここには、良いとはいえない子どもも登場する。母を亡くし、父も再婚後に没したため、継母と二人で暮らしているソフィという六歳の少女である。短気で意地っ張りで、継母にいつも折檻《せっかん》されていたが、主人公の家族に預けられ、彼女たちとふれあうなかで少しずつ変わっていく。あるときソフィは、召使いとの対話において次のように語る。

あたしが悪さをすると、お継母《かあ》さんはあたしを懲《こ》らしめたわ。あたしはまたもっと悪いことをしてやろうと思ってしまったの。お継母さんがきらいだった。でも、フルールヴィル夫人があたしを罰したら、あたしは逆に前よりもっとあの方が好きになって、もっといい子になりたいと思うのよ。

召使いのほうも理解している。ソフィの継母は怒りにまかせて、ときには気まぐれにおしおきをするが、フルールヴィル夫人は「あなたのためを思って、務めとして」そうなさるからで、あなたもそのことに気づいているからでしょう、と。賢い親のもとで育つ良い子と、悪い親(継母)のもとでは良く育つことのできない子ども。ここにも、ベルカン流の家族図が示されているといえよう。だが、セギュール夫人が描く子ども像は、ベルカンほど単純ではない。ソフィというこの少女は、夫人の別の作品『ソフィの災い』(一八五九年)の主人公でもある。『小さな模範的令嬢たち』より前の時期を舞台とした物語で、ソフィの実母が存命であり、娘を見守っているのであるが、その頃からソフィはもう、問題をよく起こす子どもであった。

冒頭、ソフィは蠟《ろう》でできた人形を強い日光にさらす。そうしてはいけないと母親に言われていたにもかかわらず、人形の足が冷たく、寒いだろうと思ったからである。人形の目が崩れ出し、ソフィは大泣きするのだが、母親が修繕してくれた。けれどもソフィは懲り

図6　継母に折檻されるソフィ（ベルタル画）　セギュール夫人の母はとてもきびしい人で，子どもに愛情を示したり，優しさをもって接することがなかったという。夫人の作品には，自分自身のそうした幼児体験も反映されていると言われる。

図7　人形の足を溶かしてしまったソフィ（カステリ画）

ない。人形をじゃぶじゃぶ洗って色落ちさせてしまい、湯浴《ゆあ》みで足を溶かし、巻き毛にしようと熱した鉄をあてて禿《はげ》にし、木登りを覚えさせようと枝に載せたら落下して、ついには粉々に砕いてしまう。またあるときは、母が飼っていた観賞魚をつかまえ、小刀で刻んだり、塩をまぶしたりして殺してしまった。そうすれば死ぬということが、わかっていなかったからである。発覚を恐れて黙っていたが、使用人の一人が犯人だと疑われると、みずから名乗り出る。その態度に免じて、母は娘をきびしくとがめはしなかった。けれどもソフィはすぐにまた、好奇心のおもむくままに行動してしまう。

ソフィは不誠実ではないし、優しくないわけでもない。ただ、頑固で自己主張が強く、思い込みが激しく、人一倍感性や想像力が豊かで、思いついたことをすぐやりたがり、よく考えもせずに実行して、とんでもない事態を、ときには残酷な結果を生じさせる。失敗を取り繕うつもりでさらなる窮地に陥り、叱られるのが怖くて嘘《うそ》をつき、次々に災いをもたらす。そのつど反省はするのだが、経験から学ぶことができず、また新たな問題を起こしてしまう。こんな子どもが、卑しい俗物である継母と折り合えるはずがない。孤児となったソフィはますます意固地になり、継母に体罰を加えられ、虐待《ぎゃくたい》されていたのだった。

ここにみられるのは、強い個性をもった子どもの姿である。ソフィばかりではない。

『小さな模範的令嬢たち』の良い子たちにも、姉は活発、妹はおとなしいという違いが示されている。姉妹の別の友人も、「良い子」ながら相当の意地っ張りである。各人に個性が与えられ、性格が異なる子どもたちが登場するのである。

なぜ、こんな子ども像が描かれたのであろうか。ソフィには、セギュール夫人自身の幼少期が反映されているといわれる。加えて、八人の子をもうけながら夫とは疎遠であった夫人が、領地に引きこもり、子どもや孫と過ごしたなかで観察し経験したことも、生かされたのであろう。子どもはみな同じではないのだということを、セギュール夫人は実感したのかもしれない。いずれにしても、そのような作品の背景には、親が子ども一人一人とじっくり向き合い、それぞれの子の人生について配慮する時代の到来を見て取ることができる。ここには、計画的に出産し、生まれてきた子どもは手間ひまかけて育てるという「近代家族」のスタンスがある。

思慮に欠け、せっかちで意地っ張りで、意地悪もすれば嘘もつくといった子どもの日々をつづった物語は、それだけで冒険的である。主人公は運命に翻弄《ほんろう》されてというより、自分の短所や欠点ゆえに窮地に陥る。そうした子どもが周りの人びととかかわり、問題を起こしながらも少しずつ変化していくさまを、読者はハラハラしながら見守ることになる。

大仰な舞台装置はなくとも、あるがままの子どもを登場させ、その成長をたどっていくだけで興味深い読み物ができあがる。セギュール夫人は生涯で二〇冊を越える書物を著し、多くの読者を獲得した。なかには教訓臭や偏見を感じさせるものや、メロドラマ的傾向の作品もあり、当時も現在も評価はさまざまである。だが彼女は、個性的な子どもを主人公にした新しいタイプの物語を広めた点において、十九世紀フランスを代表する子ども向け読み物作家であったということができる。

夫人の作品が、十九世紀後半のフランスにおいて売上げを伸ばした理由には、アシェット社の販売戦略もかかわっている。アシェット社は鉄道会社と契約して、駅で書物をほぼ独占的に販売する権利を得ていた(セギュール夫人の夫が、鉄道会社の重役であった)。表紙の色でジャンルを分けるなどして規格を統一された書物が、「鉄道文庫」として駅の売店に並べられた。なかでも子ども向けの本は、「バラ色叢書」のシリーズにまとめられ、鉄道を利用する子連れの家族に提供された。「バラ色叢書」の目玉商品として、駅にいくつも置かれたセギュール夫人の作品はそれゆえ、鉄道と大量生産の時代を象徴する子ども向け読み物でもあった。

地図を手にする子どもたち

十九世紀フランスで、子ども向け読み物作家を幾人も輩出したもう一人の編集者が、ピエール＝ジュール・エッツェル(一八一四〜八六)である。後出のバルザックやヴィクトル・ユゴーなど著名な作家ともつながりをもつ出版界の有力者で、子ども向け読み物にも関心をもち、みずから創作もおこなった。第二共和政の要職に就き、第二帝政初期には国外に追放されていたが、帰国後、友人で教育者のジャン・マセ(一八一五〜九四)とともに絵入りの『教育娯楽雑誌』を創刊する。一八六四年のことである。タイトルが示すとおり、教育と娯楽という二つの柱を掲げ、教育面では一流の教師や科学者に、娯楽面では才能ある作家たちに原稿を依頼した。挿絵はギュスターヴ・ドレ(一八三二〜八三)ら著名な画家たちが担当した。月二回発行、パリで年一二フランの予約料というのは、子ども向け雑誌としては高価であり、当初の予約者は一万に満たないほどであったという。だがのちに同種の雑誌を吸収して販路を拡大し、一九一五年まで刊行され、十九世紀フランスを代表する子ども向け定期刊行物となった。エクトール・マロ(一八三〇〜一九〇七)もジュール・ヴェルヌ(一八二八〜一九〇五)も、この雑誌で活躍した。

彼らは、どのような子どもの姿を描いたのだろうか。ここでは、マロの作品を取り上げてみよう。代表作『家なき子』(一八七八年)は、冒頭「ぼくは拾われた子だ」という衝撃的な一文ではじまる。主人公のレミ少年は、優しい養母に育てられていたが、八歳のとき、養父の手で旅芸人のヴィタリスに売られた。それから苦難の旅がはじまる。ヴィタリスはじつは人格者で、レミに読み書きや音楽を教えてくれた。だが、一座の犬や猿が、さらにヴィタリスまでもが、途中で次々と死んでいく。レミ自身凍死しかけたところを救われ、親切な一家に迎え入れられたが、その家族は借金で離散してしまう。レミは新たな仲間を一人得て、再び旅芸人になる。「ぼくの仕事にいちばん役に立つものは、フランスの地図だった」。地図を手に、レミの旅の舞台はフランスを縦横に展開し、イギリスにもおよぶ。

マロのもう一つの代表作『家なき娘』(一八九三年、原題『家族で』)でも、十一〜十二歳だという少女ペリーヌが、長い旅をしている。彼女の父はフランス人、母はヒンドゥー教からカトリックに改宗したバラモン家系の出で、ペリーヌ自身はダッカの生まれという設定である。一家はやがて父の故郷に向けて旅立つが、途中、両親はあいついで病死してしまう。『家なき娘』の物語は、ペリーヌがパリで孤児になるところから幕を開ける。母を弔《とむら》った彼女は、祖父のいる北部の町まで一五〇キロを歩いて旅しようと決意する。ここでもペリーヌが真っ先に取り出したのは、これまでにも幾度となく見た「古いフランスの道

図8　トロッコを押すペリーヌ(ラノス画)

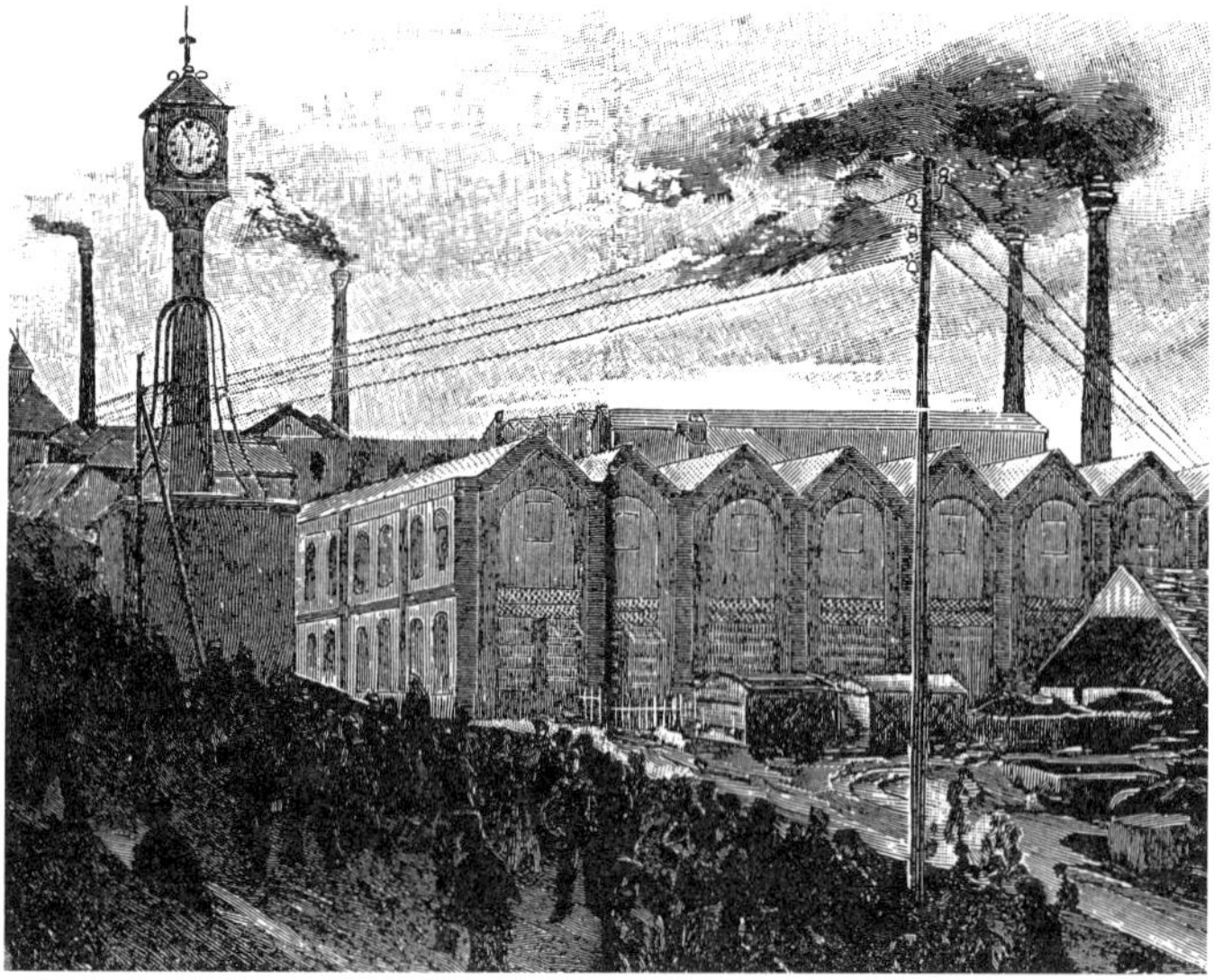

図9　ペリーヌの祖父の工場(ラノス画)　物語でペリーヌの祖父は，7000人の工員をかかえるジュート(インド麻)の繊維工場を経営している。

路地図」だった。

レミもペリーヌも、つらく悲しい体験を重ねる。親や保護者との死別や生き別れ。旅の途中に出会う、恐ろしいさまざまな出来事——彼らがどんな事件に遭遇するかは、次章でまた取り上げてみよう——、加えて二人には、出生の秘密もある。『家なき子』の後半は、捨て子だったレミの出自をめぐる謎解きの旅である。『家なき娘』では、祖父の住む町にやっとたどり着いたペリーヌが、名乗り出もせず名前を偽る。両親の結婚に反対だった祖父が、怒りをといていないためであった。このように、主人公が過酷な運命に翻弄される筋書きや、正体が明らかでない登場人物は、フランス革命後に生まれた波瀾万丈の物語やメロドラマのしかけを思い出させる。けれども、かつてのフレヴィルのように、話の舞台が遠い歴史に求められることはもうない。『家なき子』でもっとも手に汗握る場面の一つは、レミが巻き込まれる炭坑での出水事故である。また、『家なき娘』の後半部分は、ペリーヌの祖父が経営する繊維工場で展開する。つまりマロの物語では、工業化が進む同時代のフランス社会こそが舞台である。

主人公はどんな子どもたちであろうか。レミは素直で優しい少年だったが、旅に出る前は手足が細くひ弱であった。旅はそんな彼を、肉体的にも精神的にも鍛えていく。ペリーヌはもともと利発であったが、身元を隠し祖父の工場の労働者となったときには、一人で小屋に住み、食べ物も生活道具も工夫してこしらえた。二人はむごい運命に翻弄されて死んでいくのではない。きびしい境遇のなかでもくじけず、現実の社会でしっかりと生きていくために必要な力を得て、強くなっていくのである。レミは次のように語っている。

ぼくはさんざん不幸な目にあったせいで、同じ年ごろのふつうの子どもたちよりも用心深く、慎重だった。それは高い代価をはらって得た、ぼくの強みだった。

そして、幾多の苦難を償うかのように、最後にはすべてがうまくおさまる。家族の絆も取り戻し、子どもたちは幸福になる。このハッピーエンドゆえに、『家なき子』も『家なき娘』も、途中で何度か悲惨な場面が出てくるにもかかわらず、後味良く仕上がっている。子ども向け読み物はこのように、子どもを主人公としたメロドラマの段階を越えて、新たな地点に到達した。見知らぬ世界への旅とはつまり、冒険である。そのなかで生じる危機を乗り越え、子どもたちはたくましく成長していく。支えとなるのは家族の絆である。そして迎える感動のラスト――今日でも児童文学によく見出される型が、こうしてできあがったのである。

日進月歩で科学が発達し、植民地獲得に各国がしのぎを削り、世界に関心が向けられた十九世紀末、人びとは好んで旅物語を読んだ。ジュール・ヴェルヌは旅の範囲を拡大して、地球や海洋、地底や宇宙を舞台にした。たとえば、彼の代表作の一つで、日本にも早くから翻訳・紹介された『十五少年漂流記』(一八八八年、原題『二年間の休暇』)を取り上げてみよう。よく知られているように、これは漂流して無人島にたどり着いた少年たちの物語である。ニュージーランド周遊観光の帆船が、なぜか予定日の前夜に出航してしまう。乗りあわせていたのは、最年長が十四歳、最年少は八歳の寄宿学校の生徒一四人と、十二歳の黒人見習い水夫。生残りをかけた無人島での生活がはじまるが、リーダー格の少年たちはそれぞれに性格が異なり、対立や分裂も生じる。島の洞窟では白骨が見つかるなど、毎日が冒険であるうえ、出航の謎も絡んで、話はミステリアスに展開していく。『十五少年漂流記』はまさに、個性豊かな少年たちが地球的規模で繰り広げる、二年間のスリリングな旅物語なのである。

他方、子どもたちの心に、ノランスという国民国家の存在を刻みつける目的で書かれた旅物語もあった。読本作家フイエ夫人(一八三三〜一九二三)がG・ブリュノのペンネームで著した『二人の子どものフランス巡り』(一八七七年)である。この物語は、普仏戦争の敗北でドイツに割譲《かつじょう》されることになったロレーヌにおいて、十四歳と七歳の兄弟が、こっそりと故郷の町を出るところからはじまる。父の遺言を守りフランス国民でありつづけるため、保護者となってくれる叔父をさがしに行くのである。ここでも地図が役に立つ。たとえば二人は、フランス領内にはいるため、森番が見せてくれた地図の情報と星だけを頼りに、深夜の森を通り抜ける——そして夜明けに見る美しいフランス。兄は感動して叫ぶ。「大好きなフランス。ぼくたちはフランスの息子だ。一生ずっとフランスにふさわしくありたい！」二人の旅はさらに南へ、西へ、北へと続く。

『二人の子どものフランス巡り』は、兄弟が途中でおとずれる地域の自然や産業や歴史を紹介しながら、随所でフランスを称え、フランス人の誇りを示している。地理と歴史と理科の内容を兼ね備えた読本として書かれたこの物語はそれゆえ、敗戦の痛手を克服して愛国心の涵養《かんよう》をはかるためには格好の読み物でもあった。出版後すぐに、はじまりつつあった初等義務教育の場に提供され、教科書や副教材として幅広く用いられた。一〇年後に三〇〇万部に達し、一九七六年までに八五〇〇万部を数えるにいたったのは、そのためである。

『二人の子どものフランス巡り』は、本があまりなかった農村の子どもたちにも広く読まれた。そこでは、子だくさんの家族もみられた。それに対し、『教育娯楽雑誌』を予約購読することができたのは、中産階級以上の子どもたちであった。彼らは多くの場合、おおぜいの兄弟姉妹はもたず、恵まれた環境で読書した。さまざまな子どもたちがそれぞれに、家なき子の旅物語を読んだわけである。彼らはそれをいかに受け止めたのであろうか。ときにはかわいそうだと涙し、またときには、未知の世界に飛び込んでいく主人公に対して、憧れを抱きもしたであろう。巧みな話の展開に引き込まれながら、一方では親子の絆の強さや家族のありがたさを感じ、他方ではフランスという国の存在を、その広がりを、思い描いたことであろう。こうして、「近代家族」のイデオロギーと想像上の共同体「フランス」は、互いに手を携えながら、多様な社会層の小さな読者たちの心に、深く浸透していくことになる。

母性の時代の母親像

個性的な子どもや旅する子どもが登場し、児童文学というジャンルの確立をみた十九世紀はまた、愛情に支えられた憩いの場としての家庭、というイメージが普及する一方で、実際にはさまざまな制約が、家族のメンバーに重くのしかかった時代でもあった。とりわけブルジョワ階級においては、子どもたちにはさらなる社会的上昇を願う親の強い期待がかけられ、母親に対しては、家庭にとどまり良い母であることが求められた。そこでは、何が生じたであろうか。本章の最後では、母親の側に焦点をあて、文学作品のなかから母子の物語をたどってみることにしたい。

オノレ・ド・バルザック(一七九九〜一八五〇)の著作に、『二人の若妻の手記』という作品(一八四一年)がある。修道院の寄宿舎で学んだ仲良しの女性二人、ルイーズとルネが交わす書簡が大部分を占める小説だが、ルイーズは恋愛に情熱を燃やすタイプで、ルネは母性の体現者のように描かれている。パリの社交界を好むルイーズとは異なり、ルネは実家の財産状態を考慮して早々と現実的に結婚相手を選び、地方で暮らす。母親になった彼女がルイーズに書き送る手紙からは、すさまじいまでの「母性愛」を読み取ることができる。

育てること、それは刻々に変化する様相を夢中になって見詰めることではないでしょうか。赤ん坊の泣き声は決して耳で聞くものではありません、心で聞くのです。……父親ですって?……父親なんか、赤ん坊を起こそうとでもしたら、絞め殺したってかまいません。あたしたちはこの子供にたいするとき、あたしたちだけで世界のすべてを作りあげているのです。……女は母親にならないかぎり、自己本来の世界に立ち返ることができません。……母親でない女は不完全な、出来そこないの人間です。

「近代家族」が登場する十八世紀後半から十九世紀は、それまで男性医師たちがほとんど介入することのなかった産科や婦人科という新たな分野の医科学が発展した時代であった。そして、女性の体が妊娠を可能にするよう成長し、骨格なども出産に適した構造であることが解明されると、女性はそもそも、子どもを生み育てるために存在するという主張が、声高になされるようになった。女性の気質や知的能力までが、そのことと関連づけられた。たとえば啓蒙期の生理学者ピエール・ルーセル（一七四二〜一八〇二）は、女性は子どもや弱者とたやすく同化できるよう、興奮しやすく優しい反面、精神状態がすべて感情に支配されるため、頭脳労働には不適であると論じている。

女性を母性と同一視する見解は、このような「科学的」な裏付けをともなってその後もいっそう展開していく。ここに、さらに「近代家族」イメージの普及が加わり、十九世紀の社会においては、女性を家庭に強く縛りつける考え方が浸透するようになった。女性の本来の持ち場は家庭であり、夫を支え、子どもを生みよく育てることが、女性たちの使命であるというのである。いわゆる「良妻賢母」になることが、女性の理想とされた。十九世紀後半になるまで、女性には組織的な中等教育の場が設けられなかったのも、そのためである。また、たとえ高い教育を受けたとしても、女性はそれにふさわしい職業に就くことはできなかった。この時代、一方では下層の女性たちが、働かなくては生きていけない状況のなかで、男性より能力の劣る労働者として低賃金で数多く雇われていたのに対して、ブルジョワ階級の女性たちには、就労の機会はほとんど与えられなかった。

『二人の若妻の手記』に母性の権化《ごんげ》ともいうべき女性が登場するのは、そうしたなかでのことである。女性イコール母性という桎梏《しっこく》のもとでは、結婚し母となって家庭に安住できるかできないかによって、女性たちの運命は大きく変わっていく。バルザックのこの作品においては、ルネにはそれなりの堅実な暮らしが待っている。これに対して恋愛至上型のルイーズは、二度目の結婚のあと、愛する夫を信じ切れずに苦悩し、自殺同然の死を迎える。

ギュスターヴ・フローベール(一八二一〜八〇)もまた、母親であることを優先する女性と、そのようにはできない女性の姿を、別々の作品において登場させている。『感情教育』(一八六九年)のヒロイン、アルヌー夫人は前者である。早くに結婚して子どもを得るが、夫は俗物であった。恋しく思う青年が出現して、あるとき——ちょうど、二月革命のはじまるときだった——、逢引きに出かけようとするのだが、幼い息子が熱を出したために踏みとどまる。

これは神のおさとしであったのだ。主は憐憫《れんびん》の心から、彼女を打ちのめすまでお罰しにはならなかった。もしこの恋にいつまでも執着したら、この先どんな償いをしなければならぬだろうか？　きっと、子供は母の罪のために世間からあなどられるだろう。

彼女はこうして恋をあきらめ、結局のところ、夫とともに平穏な一生を送る。ところが、フローベールのもう一つの代表作『ボヴァリー夫人』(一八五七年)においては、ヒロインは不倫を重ねたあげく、進退きわまって自殺してしまう。バルザックといい、フローベールといい、「母性」にめざめた女性には、平凡だが落ち着いた人生があり、「恋愛」に走る女性には、恐ろしい悲劇が待ち受けることになる。

ブルジョワの女性たちの多くが、実際、結婚し母になり、息子には出世、娘には良縁を願いながら、それぞれの家庭生活を送った。とはいえ、そのように生きる以外に道がないというのは、女性にとってきびしい定めであった。ブルジョワ階級の結婚が、実際にはほとんど家柄や財産によって取り決められ、「愛情」のうえに成り立っていたわけではなかっただけに、道はいっそう険しかったといえよう。『ボヴァリー夫人』においては、野心をもって生まれたヒロイン、エンマが、地方の医師の後妻となる。夫は善良だが凡庸であり、エンマは夫に対して尽くし甲斐を感じることができない。退屈な日々のなかで、彼女はしだいにやり場のない不満を募らせていく。

男の子が欲しかった。さだめし丈夫な、髪の毛の黒い子供ができるだろう。……男の子がほしいという考えは、過去いっさいの自分の腑甲斐《ふがい》なさにたいして、いわばうめ合せの希望を持つことであった。男は少なくも自由ができる。……しかし女というものは自由をさまたげられてばかりいる。女は無気力で同時に御しやすい。だから肉体の弱さと法律の束縛が女の敵となる。

実際にエンマが生んだのは女の子だった。彼女は赤ん坊を里子に出し、乳母《うば》に託す。乳離れしたあと娘は帰ってくるのだが、娘に対してエンマは「賢母」になることができない。ある日彼女は、じゃれつく娘を邪険に払いのけて怪我《けが》をさせてしまう。そうと知るや、必死で看護しようとする。けれども夫に対しては、子どもが遊びながら床の上で怪我をしたと言い訳する。そして、実際にはたいした怪我でもなかったとわかるや、ばかばかしくなって「この子の不細工な顔ったら！」と口汚くののしる――このあたりの描写には、今日のいわゆる「幼児虐待《ぎゃくたい》」に通ずるものがあるといえよう。フローベールは、家庭で大きなストレスをかかえた女性が、子どもに対してイライラをぶつけてしまう状況を、巧みに描いているのである。

男の子が生まれればよかった、というような問題ではない。ある少年の身の上話を聞いてみよう。パリ・コミューンの闘士の一人であったジュール・ヴァレス(一八三二〜八五)である。彼の作品に、ジャック・ヴァントラースという少年を主人公にした自伝的な小説『子ども』(一八七九年)がある。冒頭に、「子どものころ、教師にいじめられたり、親に殴られたりした、すべての者たち」に捧げる、と書かれており、いきなり読者を驚かせる。最初の章は「母」であるが、「幼かったころに愛撫された記憶は一度もない」。それどころか、甘やかしてはならないと、母は毎日決まった時間に彼をたたいた。下の階の住人が同情してたたく役を買って出、打つ真似をして母の目をごまかしてくれたというすさまじさである。

ジャックの父はコレージュで教えていたが、教授資格をもたない下級教師で、母は農民の出であった。ジャックは両親が泣いたり笑ったりするのを見たことがなかったが、「それは父が教師で、社会的地位というものを持っているから」である。母は息子が「立派な人間」になってくれることを、つまりは、夫以上に出世することを願っていた。そのためにはきびしいしつけが必要だと言って、息子を懲らしめた。遊具やおもちゃを取り上げ、気さくな職人一家とのつきあいを禁じ、貧者への施しはお金のむだだと説く一方、学校での授賞式にはジャックを派手に着飾らせて登場し、「わたしの息子なんですよ」とふれまわった。息子に対するあまたの、さまざまな形態の暴力。その背後に見え隠れするのは、「教師」の妻にして「できる子」の母というプライドにしがみついて生きるしか知らなかった、孤独な母親の姿である。

もう一つ作品を紹介してみよう。十九世紀末にジュール・ルナール(一八六四〜一九一〇)によって書かれた『にんじん』(一八九四年)である。これは、赤毛でそばかすだらけであるところから、家族に「にんじん」とあだ名されている農村の少年の物語である。兄姉は彼を見くびっており、母親ルピック夫人も、末の息子「にんじん」に対しては優しい気持ちになれない。それどころか、ひどいいやがらせさえおこなう。たとえば彼がお漏らしをすると、それを少し食事に入れて食べさせる……。この物語は、主人公の生活情景をいくつもの短いエピソードでつづりながら展開していく。「にんじん」は鳥を絞め魚を捌《さば》き、猫やモグラを平気でいたぶる粗野な少年である。飄々《ひょうひょう》としているようで、寂しげな諦観を漂わせている。著者の実体験をふまえた作品ともいわれている。

物語の最後に、「にんじん」は父親に向かって言う。母親とはもう別れてしまいたい、じつはずっときらいだったのだ、と。彼はこのとき、母親の態度が何によるものかを見抜いていた。

父さんは、いろんなことに頭を使ってるから、それで気が紛《まぎ》れるんだけど、母さんときたら、今だからいうけど、僕をひっぱたくよりほかに、憂さばらしのしようがないんだよ。

自由主義思想が展開した十九世紀の近代社会は、「科学」の成果と「近代家族」の理想があいまって、女性＝母性というジェンダーの厚い壁を築き、女性の自由を大きく制限した時代であった。生きるため、それでも働かざるをえなかった下層の女性労働者がおおぜいいた一方で、働くことなど論外であったブルジョワの既婚女性たちがいた。順応して家庭にこもり、家族と幸福に生きた女性も少なからずいたであろう。また、それなりに安定した人生を送った母親たちが、さらに数多くいたことであろう。けれども、すべてがそうではなかった。他に活躍の場もなく、母として妻として生きるしかない女性たちが、やり場のない焦りやいらだちを、わが子に対してぶつけてしまう――十九世紀フランスの文学作品には、母親による子どもへの虐待という現実が、ときになまなましく描かれていたのである。

第2章

十九世紀民衆世界の子どもたち

パリのガヴローシュ

ミュージカル作品でも知られる『レ・ミゼラブル』(一八六二年)は、ヴィクトル・ユゴー(一八〇二〜八五)の代表作である。主人公のジャン・ヴァルジャンをはじめ、ヒロインの孤児コゼット、その恋人のマリユス、主人公を執拗《しつよう》につけねらう警察のジャヴェルといった人びとが、何十年にもわたる長い劇的な物語を織り成していく。彼らのほかにも、この物語には忘れがたいさまざまな人物が登場する。なかでも印象的な一人が、パリの浮浪児ガヴローシュである。路上で毎日を明るくたくましく生きていたが、共和主義者たちの蜂起《ほうき》のさなか、鎮圧にやってきた軍隊の銃弾を受けて命を落としてしまう。

子ども好きだったといわれるヴィクトル・ユゴーは、『レ・ミゼラブル』において、パリに生きる浮浪児たちに優しいまなざしを向けている。

この小さなものは陽気だ。食事をしない日はあっても、気が向けば毎晩見世物を見に行く。体にシャツもつけず、足に靴もはかず、頭上には屋根もない。そんなものは何一つ持たない空中の蠅《はえ》のようだ。七歳から十三歳ぐらいで、群れをなして暮し、うろつきまわり、野宿をし、踵《かかと》の下まである父親の古ズボンをはき、耳まで隠れる別の父親の古帽子をかぶり、黄色い端布《はぎれ》の一本きりのズボン吊りをつけ、走り、隙《すき》を狙《ねら》い、獲物を捜し、時間をつぶし、パイプをくゆらし、ひどい悪態をつき、酒場に出入りし、泥棒《どろぼう》と知り合い、街の女と仲良く話し、隠語を口にし、みだらな歌を歌うが、心には少しの悪気もない。それは、真珠の心と純潔とを持っているからで、真珠は泥の中でも溶けないものだ。人間が子供であるかぎりは、神も純潔を望むのである。この巨大な都会が、「あれはなんだね?」と訊《き》かれたら、「わたしの子供だ」と答えるだろう。

町なかをうろつく浮浪児は、時代や地域を問わず、いつでもどこにでもいた。しかしながら彼らはとりわけ、急速に発展する近現代の都市に顕著な存在である。浮浪児というと、親を亡くし住む家を失った子どもだと思われがちであるが、必ずしもそうではない。親がいて、帰る家があっても、帰らない子どもたちであることが多かった。

産業革命の時代、経済成長を背景にして、都市にはたくさんの人びとが集まった。パリの人口は、一八〇〇年頃には六〇万程度であったが、世紀半ばには一三〇万にふくれあがっている。しかし、急増する人口に都市機能の整備が追いつかなかった。一八三〇年代からパリやロンドンでは、コレラが流行しておおぜいの死者を出しているが、それには、当時の住宅事情や衛生状態が劣悪だったという理由をあげることができる。仕事を求めて都市にやってきた人びとは、低賃金で長時間働いたうえに、不潔な貧民窟でひしめきあって生活した。そうした日々を送っていれば、心のゆとりは失われていく。夫婦が互いを、親が子どもをかえりみることがなくなり、家庭の崩壊も生じた。狭苦しい家のなかで毎日いがみあって暮らす家族を見て、子どもたちは家を出て行く。町なかには少なくとも自由な空間があり、親の怒声も聞こえなかったからである。このようにして十九世紀ヨーロッパの大都市には、たくさんの浮浪児が生み出されるようになった。

『レ・ミゼラブル』のガヴローシュも、その一人として描かれている。両親は地方で宿屋を営んでいたが、破産してパリに流れてきた。父親は欲深で卑しく、きまぐれな母親は娘たちの世話はするのに、息子には無関心で、ガヴローシュとその弟たちを見捨ててしまう。ユゴーはガヴローシュを、「父母がありながら、孤児だという、とりわけ可哀そうな子の一人」であると書いた。家に帰ったところで「貧乏と悲惨だけが目についた」のであり、笑顔ひとつない。「暖炉が冷えていたように、人の心も冷えていた」。けれども「彼はそんな暮しを苦にしなかったし、誰も恨んでいなかった。父母がどうあるべきかをよく知らなかったのである」。

女の子の場合には、家から出ることが娼婦の世界への入り口となることが多かった。十九世紀後半の社会に生きるさまざまな人びとの実態を描いた小説で知られるエミール・ゾラ(一八四〇〜一九〇二)は、一八八一年、『フィガロ』誌において次のように書いている。両親の家では生活がますます耐えがたくなる。食べるパンもろくになく、毎晩殴り合いだ。しばしば彼女までがついでに殴られる。とりわけ彼女を絶望させるのは、いつも同じ服を着て、しょっちゅうそれを繕わなければいけないことだ。下品な言葉や、貧困や、不潔さにもうんざりしてきた。……そこである朝、彼女は出奔《しゅっぽん》してしまう。彼女の言い草によれば、もはやそこで生きていくことなど不可能だし、自分はあまりに不幸だ、それは親のせいだ、というのである。誰でもいい、たまたまそこに男がひとり現れると、毎日夕食にありつき、清潔な下着を身につけたいばかりに彼女は身をまかせる。こうしてパリには娼婦がひとり増えるというわけである。

家を出た浮浪児たちはしばしば、仲間で一緒に生活した。一八四〇年にパリの治安状況について書かれた報告書には、「七歳から十六歳」の浮浪児たちが一種の団体をつくり、親や奉公先の親方の追及を逃れるために助け合っていると書かれている。子ども一人の路上暮らしは無理でも、集団で行動すれば、食べ物やねぐらを見つけ分け合うことができた。また、成長を続ける近代の大都市はときに、身を寄せ合う子どもたちが生きるためのささやかな場も提供することがあった。『レ・ミゼラブル』のガヴローシュが、そうとは知らずに幼い実の弟たちを救い、ナポレオンのエジプト遠征にちなんで建てられた象の記念物のなかに寝かせてやったように。だが、路上での生活はきびしく、子どもたちはしばしば盗みを働いた。一八二八年一月の『ジュルナル・デ・デバ』誌にはたとえば、「一番上が十五歳の三人の子ども」が窃盗《せっとう》で逮捕されたという記事が出ているが、そこには、「彼らは泥棒たちの隠語を理解し、その手口もすべて知っているように思われた」と書かれている。路上で暮らす子どもたちは、犯罪と隣合せで生きていたのである。

十九世紀のパリはまた幾度か、革命の舞台になった。そんなとき浮浪児たちは、ガヴローシュのように、実際に蜂起に加わりもした。画家ドラクロワ(一七九八〜一八六三)の「民衆を率いる自由の女神」は、七月革命(一八三〇年)で立ち上がったパリの人びとを描写した絵画として有名であるが、そこには、自由の女神のうしろで、二丁のピストルを振りかざして叫ぶ浮浪児の姿が描かれている。日頃治安当局からよく思われていなかった子どもたちだけに、蜂起の際には、民衆の側に立って権力と戦ったのであろうか。彼らの姿は、一八五〇年代の民衆蜂起においても目撃されている。

十九世紀パリ民衆の最後の戦いとなったパリ・コミューン(一八七一年)はとりわけ、数多くの年若い人びとがコミューンの防衛に加わったことで知られる。鎮圧後には、十六歳以下の少年が六五一人逮捕されているが、その二九%は十四歳以下であった。もとより、彼らがみな路上生活者だったわけではないが、民衆の世界に生きる子どもたちであったことに違いはなかろう。銃を手にして最後までコミューンを守ろうとした少年たちの存在は、エドモン・ゴンクール(一八二二〜九六)が残した日記にも記されている。彼は早世した弟ジュールとともに、世紀後半のパリの社会状況や文壇動向を日記につづっていたことで知られる人物である。以下は一八七一年五月二十三日付の記述で、「血の一週間」と呼ばれたコミューン最後の日々の記録である。

このように退却、放棄、逃亡が続くなかでドゥルオ通りのバリケードの抵抗は長く続

図10　ウジェーヌ・ドラクロワ「民衆を率いる自由の女神」(部分，1830年)

いている。銃撃はいっこうにやみそうにない。しかし次第に、砲火は激しさを弱めてきた。やがて散発的な銃声がするだけとなった。最後に、二、三発のぱちぱちという音がした。ほとんどすぐ、バリケードの最後の守備隊が退却するのが見えた。十五歳ばかりの四、五人の兵隊がいたが、なかの一人が、「近いうちにまた来るぞ」とどなっているのが聞えた。

「民衆を率いる自由の女神」の絵を見て、『レ・ミゼラブル』を読めばおのずと、パリの民衆蜂起に際してバリケードに立てこもる浮浪児の姿が思い浮かぶ。膨張を続けた近代ヨーロッパの大都市にして、数回にわたる革命を経験した十九世紀のパリに出現した浮浪児――その姿は、ドラクロワとユゴーの作品によって不朽のものとされたのである。

近代ヨーロッパ社会を舞台に描かれた有名な小説のなかで、浮浪児が登場する作品としてもう一つ、イギリスのものであるが、コナン・ドイル(一八五九～一九三〇)作のシャーロック・ホームズの物語をあげておこう。『四人の署名』(一八九〇年)は、インドの財宝をめぐる謎をホームズが解き明かしていく話である。この小説のなかに、ロンドンの浮浪児たちが姿をあらわす。「うすよごれてぼろをまとった」「一ダースばかり」の子どもたちであったが、年かさの少年をリーダーにして行動していた。ホームズによって「ベイカー街《ベイカーストリート・》遊撃隊《イレギュラーズ》」と名づけられた彼らは、駄賃をもらって探偵の手足となり、謎の人物の手がかりを追ってロンドン中を駆け回る。ホームズはこの少年たちについて、次のように語っている。「彼らはどこへでも行くし、なんでも見るし、だれの話でも聞きつけるんだ」。ホームズ物語の作者コナン・ドイルもまた、大都市で生きる浮浪児たちのたくましさに気づいた一人であった。

『四人の署名』で「ベイカー街遊撃隊」は、犯罪捜査に活躍する。だが、それはあくまで作り話《フィクション》の世界のことである。実際には、近代都市にたむろした浮浪児たちの周りにはいつも、貧困と犯罪が取り巻いていた。盗み、恐喝《きょうかつ》、詐欺、売春は日常のことで、子どもたちは容易に、殺人や傷害といった暴力事件の被害者にも、また加害者にもなりえた。路上で生きなくてはならなかったどれほど多くの子どもたちが、社会に背を向け、心や体に重い傷や病を負いながら、短い生涯を閉じたことであろう。

農村に生きる子どもたち

十九世紀のあいだ、フランスはずっと農業国であった。都市部の人口が農村部を上回るのは、第一次世界大戦後である。多くの子どもたちが農村で時を過ごした。もっとも、彼らのすべてが農民として一生を送ったわけではない。都市へ、あるいは近くにつくられた工場へ、労働者として働きに出ることも多かったからである。たとえば、フランス中部リムーザン地方の村に生まれたマルタン・ナド(一八一五〜九八)は、十五になる年に父に連れられ、石工になるためパリに出た。ナドは農民として子ども時代を過ごしたのち、パリの労働者として青年時代を送ったわけである。一人前になるとパリで石工として働き、ときどき故郷に帰るというのが、リムーザン地方で引き継がれてきた男たちの生き方であった。

農村の子どもたちは、幼い頃から農作業を手伝った。次にあげるのは、十九世紀初頭、セーヌ＝エ＝マルヌ県の報告にみられる記述である。

農村では七歳かそれ以上になると、力のいらないちょっとした仕事に子どもが使われるようになる。雌牛を一頭とか、羊を何頭かまかされる。木ぎれや牧草を集めたり、小さな薪《まき》を作ったりもする。彼らの体は大地にかがむのに慣れていき、重い荷を運ぶ訓練もする。そして力をつけると、十五歳でついには彼らの手でも、鋤《すき》や鍬《くわ》をうまく操れるようになる。

十歳にもならないうちから、子どもたちは牛や豚、羊や山羊などの家畜の面倒をみた。

女の子たちは、鳥小屋で家禽《かきん》を世話した。農民作家として知られ、その生涯を中部フランス、ブルボネ地方の農村で過ごしたエミール・ギヨマン(一八七三〜一九五一)が、知合いの農民エティエンヌ・ベルタン(通称ティエノン)から聞き書きしてまとめたという『ある百姓の生涯』(一九〇四年)にも、そうした記述がみられる。ティエノンは一八二三年に貧しい小作人の家に生まれた。彼は七歳で羊飼いを、九歳では豚飼いをした。羊飼いの場合、悪天候には外へ出なくてよかったが、豚は雨でも雪でも野原に連れていかなくてはならなかったので、とてもつらかったという。

畑仕事においても、子どもたちはできる仕事を手伝った。とりわけ忙しい収穫時には、子どもたちも刈り取られた麦を運び、束ねられた穂をほどき、脱穀された穀粒《こくりゅう》を集めて袋に入れたりした。年上の子どもたちは、小さな鎌や唐棹《からさお》を使って、麦の刈取りや脱穀のための麦打ちをおこなった。農具を上手に扱えるようになることが、一人前になったあかしとみなされた。繁忙期の農作業では家族全員の労働が必要であったから、子どもたちも懸命に働いたのである。

農村ではしかし、農閑期である冬のあいだには、ゆっくりした時間があった。とりわけ、長くて寒い夜、照明と暖房の節約のために数家族が一軒の家に集まり、暖炉の前で過ごす

図11　農村の暮らし　版画で有名なエピナルで製作された彩色版画。19世紀末のもの。夏と秋の農村の仕事が描かれている。家畜の世話，果実摘み，木の実拾いはとりわけ子どもの仕事であった。右下は，冬の訪れを前にして暖房にも事欠く貧しい母子。

「夜の集い」は、雑談や遊びをする格好の機会であった。子どもたちも炉辺《ろばた》に集まり、大人の話に耳を傾けた。たわいない噂《うわさ》話や戯《ざ》れ言、ときに卑猥《ひわい》な話に加えて、地域に古くから伝わるさまざまな物語や格言なども語られ、子どもたちに教えられた。

先にあげたマルタン・ナドは、故郷リムーザンでの「夜の集い」の思い出を、次のように語っている。「私たちの夜の集いは、いつも決まった家で一人の老女を中心にしていて、その老女の話すことをみんなは一心になって、大変な敬意をいだきながら耳をかたむけたものである」。この老女は村の産婆で、植物にも詳しかった。彼女が語る幽霊話や怪談には「どこか真実味があった」ので、ナドは帰り道ですっかり恐怖にとりつかれ、母親にしがみついた。そんな夜に母親は、彼が寝つくまで枕元にいてくれたという。

次に、ギィ・ド・モーパッサン(一八五〇~九三)の短編集から、「田園秘話」と題された話(一八八二年)を紹介しよう。ある農村に、二軒の農家があった。どちらにも六歳を頭に四人の子がいた。食事の時間になると、母親が子どもたちを呼び集め、年齢順にテーブルに座らせた。

子供たちの前には、スープ皿が置かれた。ジャガイモがいくつか、キャベツを半分に切ったもの、それにタマネギが三つ、こういうものをぜんぶ一緒に煮込んだスープのなかに、パンが浸してあった。並んだ子供たちは、お腹がいっぱいになるまで食べた。赤ん坊には母親が食べさせてやった。日曜日には、スープに少し牛肉が入るので、それがみんなにとってなによりのご馳走だった。

ここに描かれているように、農民の生活は質素だった。ほとんどいつも、あり合わせの野菜を煮込んだスープに、堅いパンを浸して食べた。きれいでかたちの良い果物や野菜は市場へ持っていくので、食卓にのぼるのは曲がった野菜やいたんだ果物であった。都市部と農村部における暮らしぶりの隔たりは大きかった。それでも十九世紀には、農民の多くが深刻な飢餓《きが》からは解放され、キリスト教的習俗に彩られた世界に生きることができた。

そうした農村での生活については、ノーベル賞作家のフレデリック・ミストラル(一八三〇～一九一四)に語ってもらうことにしよう。彼はフランス南東部プロヴァンス地方のアルル近郊の村に生まれた。父は旦那様と呼ばれる豊かな農民であったが、幼少期には、農場で働く作男や牧童と一緒になって遊んだ。のちに南フランス独自のことばや文化の保存に尽力することになるミストラルにとっては――いささか美化されてはいようが――原体験となるなつかしい日々であった。

野良《のら》仕事に明け暮れする田舎の素朴な生活は、なんと楽しいものだったろう。季節が変わるにしたがって、仕事の内容も次々と改まる。耕作、種蒔《ま》き、羊毛の刈り取り、草刈り、養蚕《ようさん》、麦の取り入れ、脱穀、葡萄の収穫、オリーヴ摘みなど、作業は際限もなく続き、けっして楽なものではない。しかし人々は、ほかから拘束されることなく、てきぱきと仕事を進め、皆、生活に安んじて、心の平静を保っていた。そこには、土に生きる農民の厳粛な姿が余すところなく展開していたのである。

さて、話をモーパッサンの「田園秘話」に戻そう。あるとき、都市からやってきた裕福な若夫婦が、子どもを一人養子にほしいと願い出る。二軒の農家のうち一軒は拒否したが、もう一軒は承諾し、いちばん小さな子がもらわれていった。そして、それから何年かたって……。この物語、なかなかに皮肉な結末を迎えるが、ここでは書かないでおこう。モーパッサンの短編には、「子ども」を軸にして農村や都会の社会風俗を描いた作品がいくつもある。たとえば、未婚の母をもつ「父なし子」への偏見をテーマにした「シモンの父さん」。甥《おい》の洗礼式で赤ん坊のかわいらしさに心を動かされた司祭が、子をもてぬわが身に思いをいたす「洗礼」。さらに、棄てた愛人が死の床で出産したと結婚式の夜に告げられ狼狽《ろうばい》する花婿《はなむこ》が登場する「子ども」。ここでは、新生児の存在を知った花嫁が放つ最後のことばが印象的である。いずれの物語も、短編小説として興味深いだけでなく、十九世紀後半のフランスにおいて子どもがどのようにイメージされていたかを解読するための格好の手がかりである。

農村における初等教育の広がり

十九世紀フランスの農村の子どもたちは、どのような学校教育を受けたのであろうか。フランスにおける初等教育の組織化は、十七世紀末に、カトリックによって国内の宗教統一をはかろうとした王権が、その手段として教育を利用し、初等学校の設置をうながしたことからはじまる。その後フランス革命のときには、教育は国民育成のために重要な国家の仕事と考えられ、カトリック教会からの切離しがおこなわれた。けれどもナポレオン期を経て王政復古期になると、教育は再びカトリック教会が掌握するようになった。やがて七月王政下の一八三三年に、各市町村に公立の初等学校を、各県に一つの師範学校を設ける法令が定められた(ギゾー法)。だが、第二帝政期までのあいだは、フランスの教育はカトリック教会によって支配されていた。

初等教育の進展それ自体は、十九世紀をとおしてずっとはかられた。就学率は世紀が進むにつれて上昇していく。一八一七年には八六万人余りだった就学児童数は、三七年には二六九万人になり、六六年には四五一万人を越えた。一八三〇年代には、初歩段階の教育を終えた年長の子どもが教師の指導のもとで年少の子どもを教えるやり方がイギリスから導入され、一〇〇人規模の生徒をかかえる学校もできた。とはいえ、農村の人びとにも教育の価値が広く認識され、子どもの就学が当然視されるようになるには、長い時間が必要であった。たとえばマルタン・ナドの場合、父親は彼を学校へやろうとしたが、母親や他の家族が強く反対した。畑仕事には息子が絶対に必要だというのである。それでも父親の意向によって、ナドはパリに旅立つ前に、基礎的な教育を受けることができた。

初等教育のあり方を大きく転換させたのが第三共和政期である。一八八一年から八二年にかけて、初等教育の義務化と公立初等学校の無償化、および、公立初等学校の世俗化・脱宗教化が実現したのである(フェリー法)。すべての市町村に学校がつくられ、公立の師範学校でたくさんのことを学んだ教師たちが、フランス語の読み書きはもちろんのこと、共和国の原理や愛国心を、さらには初歩的な科学的知識や技術を子どもたちに教えた。就学児童数は、一八八六〜八七年には五五二万人を上回った。

農村に学校が普及していく様子を、先に紹介した『ある百姓の生涯』に描かれたティエノンの証言を手がかりにして、みてみよう。一八二三年生まれのティエノンは、学校に行くことはできなかったが、十歳になったときから、村の教会に通って宗教教育を受けることはできた。カトリックの教えを子ども向けにわかりやすく説明したカテキズム(教理問答書)で学んだのである。

カテキズムを教えてもらうときがきた。これが世の中との最初の出会いだった。この場合の世の中とは、白髪でばら色の顔をした年寄りの司祭と、五人の男の子とで成り立っていた。うちの四人は、私と同じくらい野蛮だった。ジュール・ヴァスナ一人だけが、宿屋兼タバコ屋の息子で、少しは器用者だとみられて、一番近い大きな町ノワイヤンにたびたび、授業を受けに行っていた。

この頃、学校は遠いところにあり、高額で、「ほとんどブルジョワといっていい者たちだけが、子どもを学校へやることができたのである」。ティエノンは学校ではなく、教会に通って学んだ。カテキズムは朝八時のはじまりだったが、教会まではゆうに一里(約四キロ)あったので、冬などは夜明け前に家《うち》を出なければならず、雨の日は泥だらけになった。それでも二年後の一八三五年に、ティエノンは初聖体拝領を無事にすませることができた。カトリック世界の子どもたちは、生まれるとただちに洗礼を授けられる。だが、十二歳頃に、信仰を確かなものにするため、初聖体拝領がなされるのが習わしであった。そしてそのためにも、初歩的なカトリックの知識だけは学んでおく必要があったのである。

ティエノンの話に戻ろう。世紀半ばの第二帝政期。ティエノンはすでに結婚し、子どもをもうけていた。彼は息子を学校へやりたいと思った。学校が普及しはじめており、貧民向けの無料枠も設けられていたからである。だが、村の有力者である地主は反対した。「学校、学校ねえ。いったいなんのためかね。おまえ自身学校へ行かなかったが、パンを食うには困らなかっただろう。息子を早く仕事に出すんだ。そのほうが息子にもおまえにも得だろうよ」。少しでも読み書き計算ができれば役立つし、知恵もつくので、せめて冬のあいだだけでも行かせてほしいとねばったが、地主は認めてくれなかった。「読み書き計算ができていいことをちょっとでも言ってみなさい。教育というのは、失う時間のある人間にはいいものだ。だがおまえは、読みを知らずに日々を送ってきただろう。おまえの子どもたちだってそうさ。それに、学校に一年やれば少なくとも二五フランの金がかかると知らなきゃいけない」。では、無料枠をと願い出たが、一つの枠に十の申し込みがある状態だという。息子を学校へやるより、豚の見張りをさせるほうがいいと地主は言い張った。結局、ティエノンは息子を学校にやることができなかった。

そして、第三共和政期の一八八〇年代。どんな村にも公立の学校があり、無料で子どもたちを教えていた。この頃ティエノンは、若くして死んだ娘の子である孫のフランシスを引き取る。幼い孫を楽しませるために、ティエノンは悪魔や王様や妖精や親指小僧の出てくる話や、なぞなぞをしてやった。フランシスはいくつでも話をねだり、「全身を耳にして」聞いていた。だが、そんなことも長くは続かなかった。学校へ行くようになるとフランシスは、学んだことをティエノンに語り聞かせるようになった。そして、実際に起きたことを知りたがった。ティエノンはそれで、市《いち》に行くたび新聞を買ってきた。「われわれには理解できないことも載っていたけれど、孫が新聞を読んでくれるのを聞くのが楽しみだった」。やがてフランシスは、自分で新聞を買ってきて読むようになり、気に入ったイラストを見つけると、切り抜いて壁に貼ったりした。

ティエノン自身は望むべくもなかったし、息子にもさせてやれなかった、学校へ行くということ——それは孫の代になってようやく、実現することができた。ティエノンは孫の知的な成長を喜んだ。それでも彼は、「十二、十三歳になる前に重い仕事を課されることのない今の子どもたち」が、自分と比べて幸運だという思いを禁じえなかったのである。

工場や炭坑で働く子どもたち

子どもの労働は、十九世紀に特有の現象ではない。昔からずっと、社会の上層部を除く大部分の子どもたちは、親の仕事を手伝ったり、奉公先の徒弟《とてい》や見習いとして親方や職人たちから仕事を教えられながら、成長してきたのである。けれども十九世紀には、それまでになかった新しい状況が出現した。蒸気力で動く大型の機械の前で、機械のペースにあわせて単純な作業を繰り返すというのは、産業革命以降に子どもたちが体験した新たな労働形態である。工業化が開始された頃、子どもの賃金は成人男性の三分の一、女性の半分ほどであったから、経営者たちは好んで子どもを雇い入れた。また労働者の側でも、家計の足しにするために子どもたちを働かせた。一八四〇年のフランスでは、労働者の一二％が十六歳以下であったという。

機械の原動力となる石炭を掘り出す仕事においても、多くの子どもたちが働いた。炭坑町の子どもは十歳を過ぎれば、父や兄にならって地下にもぐり、石炭の採掘や運搬を手伝った。狭い坑道で石炭を運ぶには、体が小さいほうがよかったからである。世紀半ば頃、南仏タルン県のカルモー炭坑では、炭坑夫の二〇％近くが子どもだったという。彼らは毎日真っ黒になって働いた。そして、石炭から出る有害なさまざまな物質が、小さな坑夫た

図12　少年炭坑夫(19世紀後半)　ガリボと呼ばれた子どもの坑夫は，おもに，地下の坑道で石炭を運ぶトロッコ押しなどに従事した。

図13　煙突掃除の少年(19世紀の版画)　貧しい山岳地帯では，農閑期となる冬のあいだなどに，子どもを煙突掃除人として出稼ぎに出すことがあった。たとえばアルプスに隣接するサヴォワ地方がそうだった。そのため「サヴォワの少年」ということばが，煙突掃除人を意味することもあった。「サヴォワの少年」は『レ・ミゼラブル』にも登場し，重要な役割をはたす。

ちの体をむしばんでいった。そのうえ炭坑には、恐ろしい事故がつきものだった。

先にみたエクトール・マロの『家なき子』には、主人公のレミ少年が坑夫として働く友人をたずねる場面がある。怪我《けが》をした友人の代わりに、レミは坑道にはいるが、折悪しく出水事故に巻き込まれてしまう。彼は一四日間も地下に閉じこめられたのち救出され、九死に一生を得ることになる。マロは一八六二年に実際にあった出水事故をふまえてその部分を書いたのであるが、炭坑ではそのように、地下水が流出し坑道を水没させる事故がたびたび生じた。そのうえ、坑道の天井が崩れる落盤や、地下のガスに引火する爆発事故も多発して、子どもを含む多くの命が奪われた。

有害物質に日々さらされる点では、煙突掃除の少年たちも、坑夫と同様であった。石炭をエネルギーとして利用するうえで欠かせない装置として、産業革命期の工場にはつねに、黒い煙を吐く煙突がそびえていた。各家庭にも、暖房や調理のために暖炉があり、煙突があった。それゆえ工業化が進み人口が増加する十九世紀に、煙突清掃は需要の多い仕事となった。煙突の内側によじのぼり、内壁にこびりついた煤《すす》を掻《か》き落とすのである。その際、細い煙突では体の小さい者が役立つとされて、おおぜいの子どもたちが使われた。だがそれは、発ガン性物質を含む有毒な煤を頭から大量に浴びることを意味していた。

ドイツの児童文学者リザ・テツナー（一八九四〜一九六三）の『黒い兄弟』（一九四〇年）は、十九世紀前半のスイスとイタリアを舞台にして書かれた作品で、スイスの山村に生まれ、金で買われてミラノで煙突掃除夫になるジョルジョを主人公とする物語である。フランスが舞台ではないが、十九世紀の煙突掃除という仕事のすさまじさを端的に記している子ども向け読み物として、少し紹介しておこう。ジョルジョがはじめて煙突の内側にのぼったときには、「煤が滝のようにふってきて」「山のような煤がどさっとかぶってきて」目も鼻も煤だらけになり、息がつまりめまいがした。ジョルジョはのちに煙突の中で気絶し、死にかけることになる。彼の親方は、自分の子どもにはとてもさせられないという仕事を、金で買ったジョルジョにはやらせていた。街の子どもたちからも軽蔑される煙突掃除の少年は、それほど危険な仕事を日々おこなっていたのである。ジョルジョはこの過酷な状況を、仲間とともに切り抜けていくことになる。

他方、大型の紡績機や織機を備えつけた工場で子どもたちを待っていたのは、単純だが長時間にわたり神経を使う労働であった。原材料や糸を運び、整え、機械に取りつけ、はずし、切れた糸を結びなおし、できあがった糸や布を運び出し、機械を掃除する――そうした作業の繰返しが、毎日延々と続いた。休みなく動く機械の速度についていけず、手足を傷つける子どもたちも多かった。また、換気が悪く湿り気の多い工場は、肺結核の格好の温床となった。

マロのもう一つの代表作『家なき娘』にも、十九世紀の児童労働や劣悪な労働環境についての記述がある。父が祖父の反対を押し切って結婚したがゆえに、祖父の前に名乗り出ることができないペリーヌ。祖父が経営する工場で、まずは正体を明かさず働く決心をした。そして、「男、女、子どもの工員」がひしめく狭くて息苦しい宿泊所で最初の一夜を過ごす。友人になったロザリーも工場で働いている。あるとき、ロザリーが手指を機械にはさまれ、怪我をしてしまう。驚いた人びとが駆けつけるが、「つぶれたかひどくやられたのは一本だけ」だとわかると、現場監督は「たいしたことでもない」と言って怒り出す。監督は義足の老人で、彼自身、工場の事故が原因で片足を失っていたのである。

労働者として働く子どもたちにとって、工場は実際にどんなところだったであろうか。長じてのち女性労働運動家として活躍することになるジャンヌ・ブーヴィエ(一八六五～一九六四)が、自身の子ども時代の体験を記した回想録をみてみよう。彼女はフランス東部ドーフィネ地方で生まれた。父は鉄道員から樽屋に転職したのだったが、破産してしまったため、一家はひどい困窮《こんきゅう》に陥る。ジャンヌは十一歳で絹の撚糸《ねんし》工場に働きに出なければばならなかった。そして、朝の五時から夜の八時まで、途中二時間の休憩をはさんで実質一三時間も働いた。一八七〇年代後半のことである。

フランスでは一八四一年に、八歳以上十二歳未満の子どもの労働時間を日に八時間までとし、八歳未満の労働を禁止する法律がつくられた。だが、ほとんど守られなかった。一八七四年には、子どもが初等教育を受けることを前提として、就労可能年齢を原則十二歳とする法律も設けられた。しかしこの原則も徹底することなく、ジャンヌのように働かされる子どもたちがおおぜいいた。彼女は毎朝、五時十五分前に家を出て工場に向かった。寒くて暗い冬はとりわけつらかったという。そうやって五〇サンチームの日当を稼いだが、帰宅後も編み物をして家計を助けたので、睡眠時間はほとんどなかった。おまけに、上司の不正のせいでいつまでも賃金を上げてもらえず、母に叱られたこともある。別の工場に住込みで働きに行ったところ、そこでは、「犬も食べるのをいやがるような」スープが、朝と晩に出た。寝場所の納屋には天井がなく、ベッドに座ると、頭が直接屋根瓦に届くほどだった。ジャンヌはのちに、女性や年少者の労働条件改善のために奮闘することになるが、それは、子ども時代の苦難の経験をふまえてのことであった。

図14　指を怪我したロザリー(ラノス画)

子どもの「保護」から「国民」の育成へ

ゾラの代表作の一つ、『居酒屋』(一八七七年)は、下町の洗濯女ジェルヴェーズの悲劇を描いた作品である。毎日を懸命に生きていたが、ブリキ職人の夫が屋根から落ちて怪我をし、酒に溺れるようになってからは、彼女の人生も転落の一途をたどる。このジェルヴェーズの近隣に、酔っては妻を殴るを繰り返し、とうとう死に追いやってしまった男がいた。八歳の娘ラリーが母に代わって父や弟妹の世話をするのだが、男は幼いこの娘にもなさけ容赦なく暴力をふるいはじめる。ジェルヴェーズは、少女が傷や痣《あざ》だらけになって横たわっているのを見て、「人間の世は何て下劣なのだろう!」と悲嘆にくれる。けなげな少女が痛々しい体で死に瀕する場面は、哀《かな》しい結末に終わるこの物語のなかでもひときわ悲惨で、忘れがたい印象を与える。

実際、アルコール中毒が大きな社会問題であった十九世紀フランスの民衆世界において、わが子に暴力をふるう親はけっしてまれな存在ではなかった。それだけに、『居酒屋』に描かれたラリーのエピソードは、世論を動かす一つの契機となったといわれる。一八八九年には、家庭で虐待《ぎゃくたい》される子どもの保護を目的とした法が可決された。刑法にふれる行為を子どもに強いたような場合はもとより、親が「習慣的な酔態や、周知の恥ずべき不品行で、あるいは虐待によって、子どもの健康や安全や道徳性を危険にさらす」ような場合、親は子どもに対する権利を失うことになった。「子どもは人間であり、社会の構成員であり、肉体的にも精神的にも安全が保証されなければならない。……公権力は子どもの保護を確かなものとするために、干渉する権利と義務とを有する」という考え方が示されたのである。それまで父親が絶対的権利をもつとされた家庭に、子どもの保護を目的として公権力の介入が認められた点で、これは画期的な方策といえるものであった。一八九八年にはさらに、子どもを虐待する親への罰則を強化した法も出されている。

十九世紀後半から二十世紀初頭、西欧諸国は国民国家の成熟期を迎えていた。この時期に国力の充実をはかるためには、民衆の子どもたちを優秀な労働者や兵士として育成していく必要があった。とりわけフランスでは、出生率の低下が他の国よりも顕著にあらわれ、少子化が懸念されはじめていた。一組の夫婦がもうける子どもの数は、一八三一年には四人であったが、九一年には三人になっている。そのうえ、男子普通選挙制を取り入れ、国民主権の実現をめざした第三共和政のフランスにおいては、民衆の子どもたちもまずはなにより、国家を担うことになる将来の国民であった。一八八五年に内相であったヴァルデック＝ルソー(一八四六〜一九〇四)は、次のように言っている。

人間という財産、人的資本こそが、いちばん大切な富である。あるいはむしろ、ことばの厳密な意味において、それこそがまさに国家の内実そのものである。子どもの命を守ること、そうやって未来を保障していくことは……厳格な義務である。人口増加の動きが極端ににぶいわが国のようなところでは、この義務はなおさら絶対的である。

こうして、子どもの保護を目的としたさまざまな政策が出されることとなった。たとえば、都市部の民衆が、乳児を乳離れするまで農村の里親に預け育ててもらうという里子制度に、公的な監視の目が向けられた。フランスでは十八世紀以来、パリやリヨンなどいくつかの都市で、子どもを農村に里子として託することがごく一般的におこなわれていたのである。たとえば絹織物業の町リヨンでは、一八九〇年においてもなお、半数を越える乳児(八一〇一人のうちの四二〇三人)が、里親宅に預けられている。里親といっても、農婦が農作業や家事の合間に、自分の子どもと一緒に里子を育てるというものだったから、注意が行き届かないこともある。一八六〇年代には医師たちのあいだで、里子の死亡率が高いことが問題視されるようになっていた。そこで一八七四年には、「養育料を支払って家庭外に預けられる二歳未満のすべての子ども」について、その生命と健康の保持のため、公権力が監視するという法(ルーセル法)が出された。子を預ける親は市町村役場に届け出なければならず、里親すなわち乳母《うば》となる女性にも、出身地の市町村長の身許証明書や、医師による健康診断などが求められることになった。

フランスの公権力は十九世紀をとおして、従来は教会や慈善事業家の手に委ねられていたさまざまな福祉活動に介入した。捨て子を減らす努力はその一例である。捨て子はかつては、各都市に設けられた養育院に預けられ、女子修道会がその運営を担うことが多かった。養育院は「回転箱」と呼ばれる特別の受入口を設けて、子どもの引取りを容易におこなえるようにしていた。捨て子が文字通り道端へ遺棄されるのを防ぐためである。この「回転箱」が、最後にマルセイユで閉じられたのは一八六八年のことである。未婚の母親たちには、育児手当が与えられるようになった。

日中働く母親のため、三歳以下の乳幼児をみる保育施設(クレッシュ)も、一八四四年にはじめてパリにつくられ、六二年からは国家の監視下におかれることになった。このクレッシュ、マロの『家なき娘』においては、物語を盛り上げる大きな役割を果たしている。というのも、ペリーヌの祖父の工場で働く女性従業員たちが乳飲み子を預けていた家で、火事が起きるからである。そこは、「古い崩れかけたみすぼらしいわら家《や》」で、「飲んだく

図15　村の小学校の授賞式　壇上には村長と並び司祭の姿も見られる。

図16　村の小学校の記念写真　黒板には,「良い学校をもつ国民は一番の国民である。今日そうでなくとも明日はそうなる」と書かれている。

れ」の老婆一人が子どもたちをみていた。三人の子どもが命を落とし、ペリーヌの祖父には、母親たちのきびしいまなざしが向けられる。工員の劣悪な生活状態を知っていたペリーヌは、この機会に祖父を変えようとして……。『家なき娘』の物語は、企業主が従業員の福利厚生施設の充実をはかるというユニークな展開のなかで、大団円を迎える。

他方、七歳までの幼児を日中預かる託児所(サル・ダジール)が、慈善活動家の女性たちによってパリに開設されたのは一八二六年のことである。そこでは働く母親たちのために、無料で一〇〇人近い子どもたちを預かった。こうしたサル・ダジールは、就学前の子どもに対する教育の可能性に関心がもたれたこともあり、その後急速に展開し、一八四〇年頃には、フランス全国で一五〇〇を数えたという。十九世紀をとおして公権力の監視を受けたサル・ダジールは、一八八一年には保育学校(エコール・マテルネル)と名を改め、公教育省の管轄下に組み入れられることになった。

このようにフランスの公権力は、民衆の子どもたちに対してさまざまな働きかけをおこなった。だがそのなかでも、目立って大きな成果をもたらすことになったのが、初等教育の組織化である。義務化に加えて、公立学校での脱宗教化という独自の特徴をもったフランスの初等教育は、第三共和政のもとで着実に広がった。一八九二年には、義務教育の徹

図17　**女生徒たちと女性教師**(1939年)　西部ドゥー・セーヴル県サン＝ポンパンの学校で。写真中央，メガネをかけたエプロン姿の教師ジャンヌは，このとき24歳だった。馬車塗装工だった父を４歳のときに亡くしたが，勉強して女子師範学校で学び，20歳で教師になった。

図18　ジャン＝コランタン・カレの顕彰　カレが恩師に宛てた手紙は，このようにして初等学校の児童たちに紹介され喧伝された。

底をはかるために、労働開始年齢を初等教育終了後の十二〜十三歳とする新たな児童労働法も出されている。学校では、フランス語をはじめ基礎的な知識が与えられ、愛国心の涵《かん》養《よう》がはかられた。また、アルコール中毒から身を守るといった身体管理の必要性も教えられた。どんな僻地《へきち》にも学校はつくられ、赴任してきた教師たちの努力が、民衆の子どもたちを確かに変えていった。そのことは、十九世紀最後の年、一九〇〇年に、辺境の地で生まれた二人の人物の生涯にもはっきりと示されている。

うちの一人は、エミリ・カルルという。彼女の故郷はフランス南東部アルプス地方の山村で、半年間は雪と寒さに閉ざされるような「労働と病気、そして死しか知らない山人の土地」であった。生活がきびしく、学校はあったが、村人は教育など不要だと考えていた。けれどもエミリは勉強好きで、学校では一番の成績だったから、教師が奨学金をとってくれた。エミリはやがて教師になったが、最初に赴任した山村では、一人も生徒がこなかった。のちに彼女は、自分も野良仕事を手伝い、老人や赤ん坊の世話をしたり、学校で娯楽の機会を提供するようになって、ようやく人びとに受け入れられることになる。貧しい山村の少女が、教育を受けてみずから教師となり、努力を重ねて赴任先の村人の生活を変えていったのである。

もう一人は、ジャン＝コランタン・カレという。ブルターニュ半島、モルビアン県西北部の村に生まれた。彼は十五歳のとき、年齢を偽って軍隊にはいり、やがて戦闘機のパイロットとして活躍し、一九一八年に戦死した。故郷には、恩師に宛てた彼の手紙が遺《のこ》されている。

> ぼくは敵のくびきの下で生きることはできません。だから兵士になりました。そうです、この名誉の感情、ぼくはこれを学校で学びました。そして、ぼくにそれを教えてくれた人の一人が、先生、あなたなのです！　すべての小学生が、ぼくが教わったのと同様、教えてもらったことを理解するようぼくは願っています。人生は、十分に充実したものでなければ、なにものでもありません。

文面からは、カレの恩師が熱意をもって子どもたちに接していたことがうかがえよう。パリから西へ遠く離れたブルターニュ半島の地においても、教師の努力に支えられた教育の力が、貧しい農民の少年を強い愛国心をもった国民に育て上げたのだった。

第3章

「大戦争」の日々

第一次世界大戦とフランスの子どもたち

子どもに語る「大戦争」

本書の後半では、二十世紀における二つの世界大戦と子どもとの関わりについて考えてみたい。まずは第一次世界大戦である。日本においては、第二次世界大戦の悲惨なイメージが強烈であるのに対して、第一次世界大戦は、遠いよその出来事という印象が強い。多くの死者を出した「戦争」といえばなにより、第二次世界大戦が思い浮かぶ。けれどもフランスにおいては、一九一四年夏にはじまり、一八年十一月に終結した第一次世界大戦こそ、大量の死者を出した戦争であった。フランスでは、のべ八〇〇万人が兵士として動員され、一四〇万人が死亡した。この割合は、交戦国中でもっとも高かった。親を失った子どもは、一一〇万人にのぼった。

第一次世界大戦に関して、フランスの子どもたちはどのような話を聞いているのであろうか。ここでは最初に、フランスで今日読まれている児童歴史書を取り上げてみたい。歴史的事実を伝えることを目的としつつ、読者と同年齢の主人公を設定して、物語仕立てで話が展開する読み物である。子ども向け歴史読み物といえば、歴史漫画がすぐに思い浮かぶ日本では、あまり見ることのない種類の児童文学である。ここでは、カステルマン社の「歴史のなかの子ども」叢書と、ガリマール・ジュネス社の「子どもの日記」叢書のなかから、「大戦争」を扱った巻を紹介する。いずれも、初等教育課程にある今日の子どもを対象にして書かれている。

「歴史のなかの子ども」叢書におさめられた『大戦争の時代』では、一九一八年に農村で祖父母と暮らす十歳のアントワーヌが主人公である。以前はパリに住んでいたが、家具職人の父が出征し、母がパリで勤めに出ることになったので、祖父母のもとに預けられた。あるとき母が訪ねてくるが、列車が途中で止められ、到着が遅れるのでアントワーヌはいらだつ。ようやく会えたものの、一日だけの通行証しか与えられなかった母は、あわただしく立ち去った。砲弾工場で働く母の口から語られるのは、ドイツ軍の空襲や巨大砲の脅威《きょうい》にさらされる、パリ市民の緊迫した生活である。

またある日アントワーヌは、近隣の女性が息子の戦死を知らされる場面に偶然立ち会い、沈み込んでしまう。だがその直後、父が休暇を得て息子に会いにきたので、驚喜する。髭《ひげ》面《づら》の父から聞いたのは、塹壕《ざんごう》戦の実像であった。土にまみれ、虫や鼠にたかられる日々、闇雲の突撃と殺し合い。「ドイツ人を殺したの?」と尋ねるアントワーヌに、父は「奴らか、私かだったんだ」と答える。父が負傷したとき収容された野戦病院には、英仏の兵士ばかりでなく、植民地のアルジェリア人やセネガル人、さらにはドイツ人も収容されていた。父と同じ職業で、アントワーヌと同じくらいの年齢の息子がいるドイツ兵と、もし病院でなく戦場で会っていたら、互いに殺し合っていただろう——父の目からは涙があふれる。父はアントワーヌの胸に暗い影を残して去っていった。

そして十一月十一日がやってくる。突然の歓声で授業は中断され、村中の鐘が鳴り響く。正装した村長が教室にきて戦争の終結を告げ、広場に集まった村人は、歓呼のうちに国歌ラ・マルセイエーズを合唱した。「休戦協定」という耳慣れないことばを聞いて、「もう戦争はないんだよね」と問うアントワーヌに、祖父はこう答えるのだった。「この戦争が本当に、最後の最後になるようにな。そうできるかどうかはわからないが、困難でもやってみる価値はある」と。

こうして物語は終わる。村中の豚がみな「ギヨーム」とドイツ皇帝の名前(ヴィルヘル

図19 『大戦争の時代』の表紙　カステルマン社「歴史のなかの子ども」叢書の１冊。この叢書では，古代から20世紀までのさまざまな時代や地域が取り上げられ，そこに生きた子どもを主人公にして，なかば実話である物語が展開する。

ムのフランス語形)で呼ばれ、「ボッシュ」(ドイツ人)への軽蔑があらわに示されていたことや、新聞や手紙で検閲がおこなわれていたこと、農村の学校においても防毒マスク装着訓練が繰り返されていたこと、あるいは、戦場の現実が明らかになった戦争末期においても、飛行機にはなおロマンがあり、空中戦の英雄がもてはやされたことなど、戦時下の社会状況が背景に語られるなか、鉛の兵隊で戦争ごっこをするのが好きだったアントワーヌは、父母の話を聞いたり、戦死者遺族の慟哭《どうこく》を間近で見たりすることによって、精神的にも成長していく。

他方、「子どもの日記」叢書におさめられた『大戦争期の子どもの日記』は、一九一四年夏に九歳になった少女ローズを主人公にしている。フランス北部の炭坑町に住み、兄と弟がいて、父は鉱山会社の帳簿係、母と祖母の六人家族という設定である。父はすぐに出征した。そしてドイツ軍が北フランスに侵攻してくるのにともない、ローズ一家もパリへ、さらに南部へと、縁戚《えんせき》を頼りに避難する。戦時下のローズはそれゆえ、異郷の地で暮らす避難民となる。母は家族手当を支給されているが、生活は苦しく、ローズは農作業やガチョウの飼育を手伝う。新しい学校では、献金を募ったり、軍事衣料の製作や収集をして、子どもたちも戦争に協力している。

図20 『大戦争期の子どもの日記』の表紙 「子どもの日記」叢書は文字通り，子どもの書いた日記として物語が進行するため，日記帳のかたちをしている。

一九一五年の新学期、婚約者を失った喪服の女性教師が赴任した。学校では「永遠のフランスに栄光あれ」といった詩や、「労働は愛国心、怠慢は卑劣だ」のような標語を習い覚え、馬や犬まで軍用に徴発されていく。そして一九一六年、ヴェルダンの会戦以後いちだんと緊張が高まるなかで、父からローズに届いた手紙には、「おまえがお母さんをよく助けていることも、学校でいい成績をあげていることも知っているよ」と書かれていた。近くの城館が病院となって、修道女たちが負傷兵の世話をしている。また人手不足ゆえに、夏の収穫時にはスペインから農業労働者がやってきた。そんななかで、父が一週間の休暇を許され、久しぶりに家族がそろう。戦争の話を聞きたがる兄に、父は、下士官が兵卒につらくあたると語るのだった。戦争はきれいごとではないのだと、ローズは考える。

一九一六年の新学期には、また新しい女性教師が赴任した。先生は子どもたちに、「祖国のため、いつもドイツへの憎しみをもちましょう」と書かせる。冬は暖房が不十分できびしかった。翌年ローズには妹が誕生するが、その直後に父の戦死が伝えられる。形見として最後に書かれた手紙には、「私が戦うのは、愛《いと》しいおまえたちのためだ」と記されていた。兄には、ヒロイズムをあおる者たちの言うことを信じないよう、弟には、賢い子でいるよう、そしてローズには、「おまえが頼りになるとわかっているよ」と書き残して、父はこの世を去ったのである。

その後はいちだんときびしい日々が続いた。砲弾工場で働く叔母《おば》から聞くのは、女工たちのストライキの話で、ドイツ占領地から引き揚げてきた従兄弟《いとこ》から聞くのは、故郷の惨状、そしてパリへの攻撃である。兄は父の仇《かたき》を討つといって、一九一八年春に入隊した。祖母は何も語らなくなり、母も時折涙をみせた。十三歳を迎えるローズは、母を励ますために「初等教育修了証」をとると約束する。これはたんなる卒業証書ではなく、むずかしい試験を受けて合格した者にだけ与えられるもので、民衆の子どもたちが下級の公務員や初等学校の教員になるためには必要な資格であった。ローズは見事に合格した。

そして終戦の日がやってくる。だがローズ一家が故郷に帰ったのは、さらに一年後であった。家は破壊されており、兄は戻ってきたが「もう以前のようではなかった」。避難先で出会った友人からも、父が帰還したが毒ガスで体をこわしているので、母と自分で切盛りしていかなければならないという手紙がきた。ローズはこの戦争が、「最後の最後」になるよう願いながら、教師になることをめざす。

このように子ども向け歴史読み物をみていくと、第一次世界大戦はフランスにとって、またフランスの子どもたちにとって、非常に困難な時代であったと描かれていることがわかる。父の出征や戦死、一家離散や避難・疎開、きびしい耐乏生活、祖国への忠誠と敵への憎悪、情報の操作など、アントワーヌとローズの物語に出てくることはみな、のちに日本が、第二次世界大戦下で経験することになる苦難の諸相そのものである。フランスの子どもたちは日本の子どもより三〇年ほど早く、悲惨な戦争を体験していたことになる。実際にフランスの子どもたちは、この大戦下でどのように生きたのであろうか。

戦争に動員される子どもたち

開戦直後の一九一四年九月、新学期を前にして、公教育大臣アルベール・サロー(一八七二～一九六二)は次のような通達を出した。

私は新学期はじまりの日、どの町でも、どのクラスでも、生徒に対する教師の最初のことばが、祖国に向けて心を奮い立たせるようなものであること、そして、最初の授業は、われわれが武器をとったこの神聖なる戦いを、称えるようなものであることを望む。

フランスがすべての政治党派を結集し、挙国一致で戦った第一次世界大戦は、正当かつ神聖な戦いであるとして、学校で大々的に宣伝された。開戦から終戦にいたるまでのあいだに、何度も通達が出され、視学官の監視のもとで、教員にも学童・生徒にも、フランスを賛美し戦争に協力することが求められた。戦争はまさに、学校教育の中心となった。開戦当初の意気込みは、戦争が長期化するなかで少しずつ勢いを失っていったが、それでも学校は最後まで、子どもたちを奮い立たせようとした。

あらゆる教科に戦争がその姿をあらわした。作文では、「兵士となったお父さんに君がふさわしくなるために、今年、君は学校でどんなことをしますか？」といった課題が出され、算数においても、戦艦《せんかん》が商船に追いつく時間の計算など、戦時色の濃い問題が出された。また男の子たちに対しては、将来兵士になることを前提として、懸垂《けんすい》、ボクシング、銃の扱い方などの体育教育がおこなわれた。「健康な肉体と愛国の精神」を育《はぐく》むことが、その目的であった。前述の物語で主人公ローズが受けたことになっていた「初等教育修了証」取得試験においても、実際に、戦争に絡んだ出題がおこなわれている。たとえば一九一八年には、作文で次のような課題が与えられた。「あなたの知っている家族が、激しい攻撃を受けた戦線で戦っている息子から手紙を受け取りました。期待と不安の何日かを過ごしたあとでした。その情景について書きなさい。そして、それについてあなたが考えたことを述べなさい」。このような難問を前にして、受験した子どもたちはどんな文章をつづったのであろうか。

子どもたちは戸外では、戦争ごっこに興じた。女の子は看護婦役であった。雪が降るとドイツ皇帝に模した雪だるまをつくり、雪つぶてを投げた。その情景を絵日記に描いたある子どもは、「大きくなったらドイツ兵をうまく殺せるようになるため」だと書いている。室内で遊ぶときも戦争がついてまわった。パリの大手デパートが出したクリスマス用玩具カタログを分析すると、新作物のうち戦争玩具の占める割合は、一九一四年までは二〇％程度であったのに対して、開戦後には五〇％になっている。開戦後、サンタクロースは白髭をはやした軍服姿であらわれ、すごろくのゴールは連合軍のベルリン入城になった。

児童書はことに、戦争の影響を大きく受けた。子ども向け読み物に戦争が登場する現象は、イギリスでもドイツでもみられたが、フランスではとりわけ顕著であった。廉価な読み物は、戦争を取り上げて出版部数を戦前の二倍、三倍に伸ばした。フランスではまた、小さな子ども向けの本にも戦争がその姿をあらわした。ＡＢＣを教える幼児絵本にも、「大砲」や「防空壕」、「爆弾」や「銃剣」のようなことばを並べてアルファベットを教えた。定期刊行物においても同様で、「いたずらっ子リリ」や「ベカシーヌ」など少女向け雑誌・漫画で人気の主人公までが、愛国心を発揮して戦場をめざす姿で登場した。

カトリック教会も、子どもたちを戦争に向けて動員する点では学校に引けをとらなかった。教会は子どもたちに対して、「祈り」をとおしてフランスの勝利に貢献するよう働きかけた。たとえばアンジェの司教は、開戦後、司教区の聖職者たちに対して次のように言っている。「子どもたちを祈らせましょう。非常に純真な彼らの魂が、イエスの御許《みもと》においてわれわれの大義を弁じ、勝利をもたらしてくれるでしょう」。またブールジュ大司教も、一九一五年二月十一日をフランス全教区の子どもたちが祖国のために祈りを捧げる日にしようと呼びかけた。「非常に感動的」であるうえ、「われわれの愛しい祖国のために、大きな超自然的な効力」を期待できるからというのである。

子どもの祈りから登場したのが、「子ども十字軍」であった。その発端は、ボルドーにあったカトリック女子学校の一三〜十四歳の生徒たちが、一九一五年一月から祖国のため自主的に「祈りと捧げもの」を習慣としておこなっていたことだったという。こうした行為は、聖職者たちからの賛辞を得て広がっていった。そして一九一六年初めに、「子ども十字軍」が結成された。フランスの勝利を願うとともに、祖国のため死んだ者たちの永遠の救済に、祈りをとおして貢献することがその目的であった。「十字軍兵士」となった子どもはそれぞれ、実際の戦場における自分の担当地域を受け持ち、そこの兵士たちのために祈ることになっており、精進の度合いに応じて、「兵卒」から「将校」までランク分けもなされた。「子ども十字軍」が戦うさまを、『イエスの心の使者』誌は次のように描いている。子どもたちは祈りによって「密集した軍団にまとまり、星降る夜、塹壕の上にやってくる。兵士の数は倍増する。子どもたちも戦いにきたのである」と。子どもたちもまた、次のように報告をおこなった。「攻撃当初からわれわれは、ソンムとヴェルダンの諸戦線に全力を集中しています」。こうして「大戦争」期のカトリック教会は、子どもに対する信仰の強化をめざしながら、彼らを戦争へと駆り立てたのであった。

戦争に向けて子どもを動員することは、フランスだけでなくイギリスでもドイツでもみられたが、各国で違いもあった。子どもに対して、どのような働きかけがおこなわれたかを比較すると、一口に総力戦といっても、それぞれに特徴があったことがうかがえる。たとえばイギリスでは、愛国的な呼びかけも、個々の子どもに対してより、少年少女のスカウト組織やスポーツ団体など、集団をとおしておこなわれることが多かった。また前述したように、幼児本にまで殺戮《さつりく》のことばを並べたのはフランスに特有の現象である。ドイツの児童書には、戦争について内実ある情報を与えることをめざしたものがかなり見出された。もとより真実がそのまま伝えられたはずもなかったが、敵味方の戦力比較や、年表や戦場の地図などを挿入して、「ドキュメンタリー」としての性格をもたせようとする傾向があった。この点は、イギリスでも同様であった。

これに対しフランスの児童書は、戦争に関する具体的な情報をほとんど何も伝えなかった。子どもに語られるのはいつも、フランス軍兵士の完璧なヒロイズムであり、フランスの勝利で世界は再生し文明化するといった文章ばかりが目立った。それゆえ、写真を九〇枚近く掲載した『戦争　なぜいかにおこなわれるか』という青少年向けの本でさえ、一九一八年版は一九一六年版と比べて、なんら変わっていなかった。フランスにおける子ども向け読み物の目的は、祖国の大義をひたすら子どもに信じさせることにあった。

フランスの児童書ではまた、ドイツへの憎悪と軽蔑が露骨に示された。ドイツ人は乱暴で情け容赦ない悪党とされ、その血を受け継ぐはずのドイツの子どもにも、敵意が向けられた。人気のあった少女向け週刊誌『フィエット』は、一九一五年五月、読者欄で「ドイツに友だちがいるのですが」と問いかけた少女に対して、「ドイツ人の子のことは断念しなさい」というすげないアドヴァイスをおこなっている。ドイツ民族の絶滅をはのめかすようなことばさえ登場した。たとえば一九一七年十月の『ディアボロ・ジュルナル』誌には、「不潔な民族！　この世界からいつ消えるのでしょうか」という文章がみられる。フランスの子どもたちに対してまきちらされた反ドイツのプロパガンダは、かくも強烈であった。それゆえ子どもがドイツと言うたび、「口が汚れたと思ってエプロンの端でぬぐう」ようになっても、不思議はなかったのである。

大戦期フランスの児童書にみられるこうした特徴から、当時のフランス人が第一次世界大戦をどのように考えていたかをさぐることができる。フランスがイコール正義であり、自由であり、文明であり、卑しい野心を抱いたドイツには、徹底した制裁を加える必要がある、というのである。このような思いの背景にあるのは、なにより、普仏戦争の敗北の記憶から生じた、悔しさ、腹立ち、復讐《ふくしゅう》心であったろう。大戦中、フランスの国土の一部がドイツに占領されたり、戦場となったことが、これに拍車をかけた。また、共和国を守れと呼びかけるフランス革命以来の伝統があり、第三共和政下で広がった「進歩と文明の国フランス」という自負が、この伝統をさらに後押しした。専制君主を戴く野蛮な後進国ドイツに、正義の裁きをくだす——フランスはこうした強い使命感をもって第一次世界大戦に臨んだのであり、その怒濤《どとう》のような勢いに、子どもたちも巻き込まれていったのである。

子どもたちの「戦争協力」

近年の第一次世界大戦研究においては、子どもはたんに戦争の「罪なき犠牲者」として位置づけられてはいない。愛国心をあおる学校や教会からの強い働きかけのもとで、子どもたちも主体的に戦争にかかわる機会を得た。さまざまなかたちで、子どもたちもまた、戦争に協力したのである。

たとえば学校で、教会の集まりで、子どもたちは自分の小遣いを献金にあてた。「すべてをフランスに」という標語のもと、学校や教会では定期的に献金活動がおこなわれたからである。それだけではなく、戦時下のフランスで特別に設けられたさまざまな機会、たとえば「兵士の日」や「孤児たちの日」に、子どもたちはボール紙を切って彩色したメダルをつくり、街頭に立ち、それを販売して寄付を募った。募金や献金によって、ときには相当な金額が集まることがあった。たとえば一九一四年十二月三十一日に、北部のソンム県内の学校において集められた募金は、一二万五〇〇〇フランを越えている。また一九一五年三月一日には、ノルマンディー地方ウール県のある学校の二八人の生徒だけで、三〇〇フランを集めた。このように、戦時下の募金活動では子どもがその重要な担い手となり、大きな役割を果たした。

多くの子どもたちは、まじめに、熱心に活動した。というのも、彼らは周りの大人たちからいつも、お父さんやお兄さんは、君たちを守るために戦っているんだと言われていたからである。そう聞かされると、子どもたちはがんばらざるをえなかった。お菓子やおもちゃを買うのを我慢して献金し、街頭募金で声をからして寄付を訴えた。「勝利のために君には何ができますか?」は、作文でよく出された課題であったが、こうした問いかけは子どもに対して、金銭的・物質的貢献を求めたのみならず、精神的・道徳的な意味でも影響を与えて、子どもたちの行動を左右したのである。

近年の研究は、「大戦争」期には子どもに罪悪感を感じさせることによって、統制がおこなわれたことを明らかにしている。学校で、また教会で、子どもたちはたえず、戦場の兵士にふさわしくあるよう、「小さな兵士」としての自覚をもつよううながされた。しかもそれはたんに、愛国心を示して募金や献金をおこない、祈ればすむことではなかった。子どもの本分は勉強にあるのだから、成績をあげ「良き学童」になることがそもそも、子どもの重要な務めだとされたのである。一九一五年にある視学官は、「さあ子どもたち、子君たちの銃を持て。それはペン軸のことだ」と言っている。子どもたちは前線の父や兄に銃後の憂《うれ》いを与えることのないよう、つねに立派なおこないをせよと求められたのである。

それゆえ宿題や手伝いを怠けたときも、寝坊し遅刻したときも、子どもたちはそのつど、戦場の兵士に恥じなければならなかった。

戦場から送られてくる手紙も、子どもたちには大きな圧力となった。先にみた物語におけるローズのように、「大戦争」期の子どもたちは実際に、おまえが頼りだという父からの手紙を受け取っている。兵士たちには万感の思いがあっただろうが、検閲もされる手紙のなかで書けることは限られていた。残してきた家族がなんとか暮らしていけるよう気遣う兵士たちは、子どもに対して、母の助けになりなさい、賢くしていなさいと書き送らざるをえなかったであろう。「私が書くことを良く覚えておくんだ。お母さんを敬い、いつもお母さんの言うことを聞きなさい。というのもお母さんには、父さんと母さん両方の重い役目があるのだから。……みんな、良い子でいなさい」というように。この手紙を書いた兵士は、戦争から生還はしたものの、体をこわしており一九二〇年代に死亡している。

父親が戦死してしまったら、手紙は遺書になった。遺言となった父のことばは、子どもたちの心にいっそう重く響いたことであろう。「生まれたのが息子だったら、いつか医者になってほしいと願っている。……そしてものがわかる年齢になったら、お父さんは大いなる理想のため、再建され強大になるフランスのために命を捧げたと言ってくれ」。身重の妻にこう書き残し、一九一四年十月に戦死したのは、高学歴の将校であった。「前よりもっとお母さんの言うことを良く聞いて、従わなければならないよ。従順でおとなしくできないときはいつも、お父さんがここにいたらなんと言うだろうかと自分に言いなさい。……おまえたちのため、フランスのために死んだお父さんに、ふさわしくなりなさい」。これは、祖父から孫への手紙である。

子どもたちは、「罪悪感」を背負い、大人の期待に応えるためにも、「大戦争」期を懸命に生きた。それゆえ彼らは、大きな力を発揮することもできた。たとえば学校が休みのとき、子どもたちは農場や菜園で働いた。農作業が授業時間に組み込まれることもあった。家では母親が働きに出た場合、子どもは年齢に応じて家事をまかされた。買い物はとりわけ子どもの仕事になったが、物資の乏しいなか、行列をつくり、長時間待たされたあげくにようやく品物を手にすることができるような状況にあっては、何か買うにも知恵と忍耐が必要であった。さらに、国債が募られる際には、学校から子どもをとおして親への呼びかけがおこなわれた。子どもが熱心に言うと、親は応じざるをえなかったからである。子どもが大人を支えたり、大人を動かしたりすることもあったのである。

実際、「大戦争」期のすべての子どもたちには、前線の兵士を励ますという大切な役割

図21　「国債に応じよう」と呼びかけるポスク　国債に応じることは市民の義務だと訴えている。第一次世界大戦では，子どもたちも国債募集キャンペーンに動員された。子どもたち自身がポスターを描くこともあった。

が与えられていた。「子ども十字軍」もその一つのかたちであったが、子どもたちは学校においても、慰問《いもん》の手紙を書いたり、手袋や襟巻き、タバコなどの品物をつくったり集めたりして前線に送った。編み物や包帯作りは、女の子たちの大事な仕事であった。学校ではまた、「クラスの名づけ子兵士」という制度が取り入れられた。身寄りのない兵士に対して、学級ぐるみで親がわりになろうというのである。「ぼくはあなたをクラスの写真で見ただけです。あなたを知りませんが、あなたが好きです。そして、フランスのすべての兵士を尊敬しているように、あなたのことを尊敬しています」。子どもたちはこんな書き出しで文章をつづり、「名づけ子兵士」たちに語りかけた。そして「名づけ子兵士」たちは、休暇が許されると子どもたちに会うため学校にきた。わざとらしい仕組であったが、ともあれ、身寄りのない兵士を支えるこうした疑似《ぎじ》家族において、子どもたちの存在は大きな意味をもっていた。

子どもが主体的であったというより、大人に強制された子どもが、健気《けなげ》に従っただけであるといわれれば、そうであろう。大人は子どもに日々「罪悪感」をもたせながら、学業に励み戦争に協力する子どもをつくりだそうとした。だが、募金や国債の募集においてみたように、子どもが熱心になればなるほど、大人もそれに真剣に向き合わざるをえなくなる。大人に働きかけられて子どもが動き、子どもの熱意にうながされて大人が動く、という状況ができあがっていった。一生懸命な子どもの姿は、ときに銃後の大人にも「罪悪感」を抱かせ、大人を動かす力をも発揮したのである。

　子どもたちはまた、戦時下の日々を生きるため、たくましくあらねばならなかった。父親のいなくなった家庭で、母親も働くとなれば、子どもは早くから自立せざるをえなくなる。物語の主人公ローズのように、よく勉強しながら弟妹の面倒をみ、家事をこなし、ときには気落ちする母や祖父母を力づける子どもたちが、実際にいたのである。戦争は彼らに、いくつもの役割をこなすよう求めたといえよう。そして、戦争によってもたらされたこのようなきびしい状況のなかから、第一次世界大戦期に特有の「子どもの英雄」がつくりだされることになる。

「英雄」になった子どもたち

　フランスでは大戦期から戦後にかけて、子どもの手本とされる年若い「英雄」が何人も登場する。いずれも、「大戦争」下で格別の働きをしたとして称えられた子どもたちであった。その例としてまずは、先に紹介したジャン＝コランタン・カレをあげることができる。ブルターニュの故郷には、彼の顕彰碑が建てられている。

他の英雄たちはみな、伝聞のなかでいつのまにか知られるようになった子どもたちである。その最年少は、「木の銃を持った子」として有名になった。名前は明らかにされていないが、舞台はドイツの侵攻を受けた東部地域で、戦争初期の頃の話と伝えられている。七歳の少年が、ドイツ兵をねらって、木の棒あるいはおもちゃの銃を構えた。その結果、射殺されたか、もしくは銃の台尻で殴り殺された。少年はほほえみを浮かべて死んでいった。その祖父によれば、少年は父親が出征する際、母と家とをまかせると言われたので、「より大きな何者かになるため、小さな子どもの心を捨てた」のであるという。ドイツ兵に出会ったとき、七歳の少年は、彼らに恐怖を与えるほど「大きな何者か」になっていたのであろうか。

女の子も「英雄」になることができた。一番の「勇者」は、ドゥニーズ・カルチエという十歳から十三歳くらいの少女である。パリで空襲にあい、足を切断した。それでも彼女は平然と、「私はフランスに足を捧げたの」と言ったという。後日談のなかには、彼女が兵士たちのために編み物をしたいと求め、「そのほうが走ったり縄跳びしたりするより有益でしょう」と語ったとするものまである。七歳の少年同様、この少女も大胆不敵で、ひどい目にあっても堂々としていて、周りの大人をたじろがせるほど冷静である。

そうした強者たちのなかでも、もっとも名を馳《は》せることになったのが、エミール・デプレという、十三歳とも十四歳ともいわれる少年であった。一九一四年秋の初め、ドイツ軍に占領された北フランスの炭坑町が舞台である。負傷したフランス人下士官が、女性に乱暴を働こうとしたドイツ兵を射殺し、処刑場に引き出された。そこへ少年が走り出て、下士官に飲み物を差し出した。彼がエミール・デプレであった。ドイツ兵たちはすぐにデプレを撃とうとしたが、その将校の一人が、少年に向かってこう言った。おまえがこの下士官を殺してみろ、そうすればおまえの命は助けてやる、と。デプレはうなずいて銃を受け取った。そして、くるりと向きを変え、そのドイツ人将校に向けて発砲し殺害した。その結果、少年も下士官も殺されてしまった。

なんとも血なまぐさいこの話があちこちで取り上げられ、デプレは「大戦争」きっての少年英雄となった。なぜであろうか。その大きな理由は、彼がドイツ兵に屈しない断固たる信念をもっていたとされることであろう。危険をかえりみず瀕死のフランス人下士官に飲み物を与え、ドイツ人将校の申し出を受けたと見せかけて、臆せず敵に銃を向けた。「残忍なドイツ人」と「高潔なフランス人」という対比を背景にして、デプレは自らの命

図22　エミール・デプレの物語　「エミール・デプレ少年の英雄的な死」と題されている。このように，漫画雑誌などのメディアをとおして，「大戦争」期の子どもの英雄たちはフランス中に紹介された。

をかえりみない「勇敢」な行為を、二度にわたって繰り返したわけである。この点が称賛されたといえよう。彼はフランスの大義にわが身を捧げた勇敢な「殉教者」と認められたのである。

デプレの姿はどこか、フランス革命期の英雄少年バラやヴィアラを思い出させる。彼らは第三共和政期の教科書に頻繁に登場したため、「大戦争」期の子どもたちにも知られていたであろう。けれども、革命期の少年たちとデプレとのあいだには、大きな違いが存在する。バラやヴィアラが人を殺していない「無垢《むく》」の英雄であったのに対して、デプレはみずからの手を血で汚したからである。

デプレは、たんに祖国に殉じた悲劇の英雄であるだけでなく、敵を倒す行動力を備えた少年であった。この点は重要である。というのも、大戦下の他の「英雄少年」にも、そうした特徴がみられるからである。この時期、勇敢な行為で名をあげた一一人の少年(十三〜十七歳)のうち五人は、一人かもしくは複数の敵を倒した勇敢さを称えられている。敵を殺したのでなく、祖国に殉じ毅然《きぜん》と死んだ点を称えられたのは三人で、両方であったのはデプレだけである。

このように、「敵を殺す」少年英雄が「大戦争」期に登場した背景を考えてみると、当

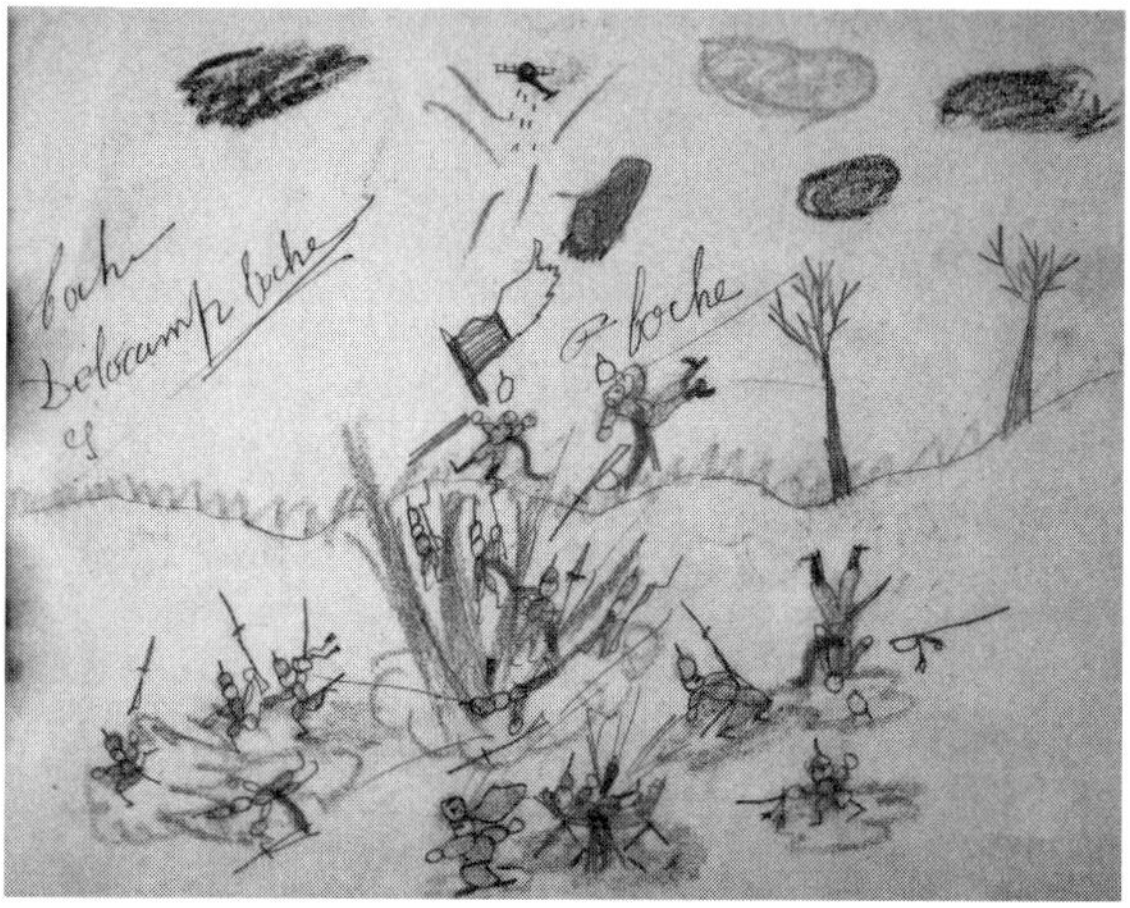

図23　**爆弾で吹っ飛ぶドイツ兵**　ドイツの陣営へ爆弾が落とされた瞬間を描いた子どもの絵。ボッシュ（ドイツ人への蔑称）ということばがいくつも見られる。

図24　**ドイツ皇帝の雪だるま**　ドイツ皇帝に見立てた雪だるまに雪つぶてを投げて遊んだ様子を描いた子どもの絵。「大きくなったらドイツ兵をうまく殺せるようになるため」だと書かれている。

時の大人が、子どもに何を求めていたかを改めて考えさせられる。フランスが正義を体現するとされた戦争において、子どもはドイツへの憎しみをもつよう教えられた。大戦時にパリ十八区の初等学校生徒であった子どもたちが、戦争をテーマにして描いた絵が今日残されているが、そこには、爆発で吹っ飛び、首がちぎれ、腹から血を流して横たわるドイツ兵の姿が描かれている。子どもたちは絵を描くことで、ドイツ兵を殺した。そして、デプレや他の「英雄」たちの話は、いざとなったら本当に敵を殺せと子どもたちに語っていたのである。敵に対する強い憎悪と軽蔑が、子どもの暴力化をもたらしたわけである。

しかもデプレの「暴力」は、たんに勇ましかったというだけのものではない。彼は残酷な提案を逆手にとって、敵を嵌《は》めることができた。その小気味よさがいっそう。フランスの大人たちに受けたのであろうが、このとっさの機知については、どのように説明することができるだろうか。

大戦下の子どもたちは、男性が出征したあとの穴埋めに駆り出された。父なき家庭を託され、家族を支えて生活を切盛りしながら、農場の手伝いや街頭募金においても活躍しなければならなかった。そうした日々を送るためには、知恵をつけることが重要であったろう。判断力や行動力が求められ、ときには、駆引も必要であった。デプレのしたたかさの背景には、当時の子どもを取り巻くこのような環境があったと考えることができる。総力戦のもとで生きる子どものなかから、敵とわたり合うための度胸を身につけた強者が育ったのである。

子どもや弱者が、知略によって恐ろしい敵を倒すという話なら、『ペロー物語集』にもみられた。この物語集の背景には、十七世紀のきびしい現実があった。そこは、デプレの話が、「大戦争」の苦難を背景にしているのと似ている。とはいえ『ペロー物語集』はまた、楽しい読み物でもある。間抜けな人食いの鬼が追い詰められるさまは、ときにグロテスクであるがユーモラスで、賢い主人公が鬼の財宝を奪って繁栄するという結末ともあいまって、愉快な印象を与えるからである。ところがデプレの物語には、そうした明るさは少しも感じられない。少年は酷薄なドイツ人将校に報いを与えることのできる知恵者であるのに、生き残ることはできない。自分自身も殺されてしまう、救いのない結末である。

「大戦争」期の子どもの英雄たちには、なにかしら暗い影がつきまとう。おもちゃの銃をかまえて撃たれ、平然と笑みを浮かべて死んでいく七歳の子。足をなくしたのに、はねたり飛んだりするより大事なことがあるとうそぶく少女——彼らの「大胆さ」には、冷ややかさが漂っている。強い愛国心をもっているが、革命期のバラやヴィアラのように「純粋無垢」ではない。のみこみが早くものわかりはよいが、『ペロー物語集』の主人公のように「才気煥発」ではない。大人をしのぎ、越えるほどの「知恵」や「分別」や「行動力」があるのに、生命力を感じさせることはないのである。

このように、「大戦争」期のフランスがつくりあげた年若い「英雄」像には、子どもであることをやめてしまったかのような、潑剌《はつらつ》さや初々《ういうい》しさを欠いた子どもの姿を見出すことができる。早々と老成して先を見通す冷めた子どもたち――「大戦争」期の子どもの手本とされたのは、子どもであって子どもでないような、その点においてどこか不気味ささえ漂わせる、子ども像だったのである。ただし、誤解のないように確認しておこう。デプレもカルチエも「木の銃を持った子」も、みな伝説の語るところであって、実際そうであったというわけではない。強面《こわもて》の裏にある彼らの本当の姿は、いまだ知られていない。

子どもたちの終戦・戦後

大がかりに展開された戦争協力の動きのなか、子どもたちはみな本当に、大人に従ったのであろうか。たとえば非行に走るというかたちで、大人への「反抗」もありえた。青少年の「非行」は、開戦後確かに増加している。これには、父親の不在と母親の多忙が拍車をかけたといえよう。また、反抗期にある青少年よりずっと幼い学童たちさえも、大人の思い通りには行動していない。たとえば戦争の絵を見ると、子どもたちが一番多く描いたのは、海戦や空中戦、あるいは、ドイツの旗を奪取するという、現実にはありえない場面だったという。ドイツの残虐《ざんぎゃく》さが子どもの想像力にあまり影響を与えていないと残念がるようなコメントが、当時なされている。大人の思惑をよそに、子どもたちは「戦争」を、たとえば陣取り合戦のようなイメージで、彼らなりに楽しく思い描いたとみることもできる。

大人のたてまえや身勝手を、はっきり感じとった子どもたちもいた。のちに精神分析学者・児童心理学者になるフランソワーズ・ドルト(一九〇八～八八)は、カトリックの恵まれた家庭に育ち、戦争が終わったとき十歳だった。子ども時代の回想を語るなかで、彼女は「大戦争」にふれて次のように語っている。

ずっと編み物ばかりしていたので、当然、遊ぶ時間もなくなりました。みんなが待っているといわれて、罪の意識にせかされていたの。塹壕のなかで襟巻きを待っているかわいそうな兵隊さんがいるから、早く仕上げてあげないと凍え死んでしまうんですって。それにしても、私にはわからなかったわ。私みたいな子どもに延々とこんなつらい仕事をさせておいて、おとなたちはそれを見て立派だ、感心なことだって喜んでいるのよ。なぜでしょうね、子どもに対していささかサディスティックでした。

戦争が終わり、広場で浮かれ騒ぐ人びとを見たとき、ドルトは「死んだ人やまだ帰ってこない人たちのことを忘れて、どうしてこんなに大喜びできるの？」と疑問を感じる。叔父《おじ》をはじめ、身近な人びとが幾人か戦死していた。「あんなに悲しいことだったのに！」「もう誰もそのことを考えていないみたいに、みんなが笑っていたわ。これには心底驚いたの」。ドルトはその日の記憶を、ずっと忘れなかった。

哲学者のシモーヌ・ド・ボーヴォワール（一九〇八～八六）も、保守的なカトリックのブルジョワ家庭に生まれた。開戦後、彼女は包帯をつくったり防寒頭巾《ずきん》を編んだり、寄付を集めたりした。ドイツ製の人形を踏みつけ、花瓶に連合軍の旗をさし、色鉛筆でフランス万歳と書いて、「模範的愛国主義の証しを立てた」。すると、「おとなたちは、私の盲従《もうじゅう》をほめたたえた」。

ところが、一九一八年の冬はきびしく、食糧事情は悪く、空襲が続いた。身近な人びとの戦死もあり、「私は恐しさに息がつまった」。だが大人たちは、彼女や妹の前でこう言った。「この子たちは、子供だからいいわね！　まだ何もわからないんだから……」。ボーヴォワールは「たしかに、おとなたちは私たちのことを何も知らないんだわ！」と考えた。彼女はひどい絶望感に襲われるようになり、あるとき思わず、戦争が早く終わればいい、どんな終わり方でもいいから、と口に出した。すると母は「そんなことを言うもんじゃありません！　フランスは勝たなくてはなりません！」と彼女をたしなめた。ボーヴォワールはそのために、自分を恥じなくてはならなかった……。

映画『天井桟敷の人々』(一九四五年)のパントマイム演技で有名な俳優ジャン゠ルイ・バロー(一九一〇〜九四)の終戦体験も、強烈であった。薬剤師だった彼の父は、軍の病院で傷病兵の看護にあたっているときチフスに感染し、一九一八年十月に急死した。たまま休暇中であったため、母は戦争未亡人に支給される手当をもらうことはできなかった。父の死から三週間後、戦争終結の知らせを教室で聞いたバロー少年は、勝利を祝う教師や級友の歓声をよそに、一人涙を流した。この生徒を見て、激怒した教師がいた。戦争で負傷し、杖をついて歩いていた彼は、喜びを示さない少年の背中を、杖が折れるまで打ち据えたのである。体中を腫らして帰った息子を見て、今度は母が激怒した。翌日、母は学校で、息子に暴力をふるった教師の頰に平手打ちをくらわせる。けれども、少年の心には大きな傷が残った。自伝のなかでバローはこう問いかける。「私をなぐりながら、彼は戦死者を侮辱したのではなかったか？　読者はどう思われる？」

フランス政府は戦争中から、戦争で親を亡くした子どもたちを『国家遺児』と位置づけ、国家が後見人として面倒をみるという方針を打ち出した。とはいえ、金銭的な援助や優遇策がいくらなされても、親を失った代償となるわけではない。戦後のフランスには、父を奪われたことで、その後の人生が大きく変わってしまった一一〇万人の子どもたちがいた。ノーベル賞作家アルベール・カミュ（一九一三〜六〇）もその一人である。彼の父はアルジェリアから出征し、一九一四年十月に戦死した。遺《のこ》された家族の暮らしは貧しいものであったが、カミュは奨学金で学業を終えることができた。文字を知らず耳が不自由であった母は、無口で、何事にも無関心な態度であったというが、夫を早々と失うことがなかったら、彼女と息子の関係も違ったものになっていたのであろうか。

確かなのは、カミュが人生の最後の時まで、父の死について考えていたということである。彼は一九六〇年に自動車事故で世を去るが、そのとき車中に携えていた作品『最初の人間』のテーマの一つが、「父親の探求」であった。未完の遺稿となったこの物語においては、カミュ自身を思わせるような四十歳の主人公が、二十九歳で戦死した父の足跡をたどっている。そして墓石に刻まれた父の生没年を目にしたとき、「全身を揺すられるような」思いにとらわれるのである。

突然潮のように彼の心に湧《わ》き上がってきた愛情と哀れみの気持ちは、息子を死んだ父親の追憶に追いやるような心の動きではなく、不当に暗殺された子供にたいして大人の男が感じる動転した哀れみの情であった……ここにはなにかしら自然の秩序を越えるものがあった。本当を言えば、秩序はなくて、ただ息子が父親より年上であるという狂気と混沌《こんとん》だけがあった。

若くして死んだ父への哀惜《あいせき》。息子が父親よりはるかに年上になってしまったという不条理。そして、そのことを言い立てずにはいられないかのような、やり場のない腹立ち――ここには、父の顔を知ることとさえ許されなかった一人の「国家遺児」の、強い怒りと悲しみが描かれているといえよう。

第一次世界大戦を子ども時代に経験した文人の作品を、最後にもう一つ紹介してみたい。「あの戦争のはじめの頃にぼくが味わった感動、戦争に対する最初の感動というものは、じつにすばらしかったと認めないわけにはゆかない」。こう語るのは、早世した天才作家として知られるレーモン・ラディゲ(一九〇三～二三)である。多感であったラディゲはしかし、すぐに戦争の重苦しさやまがまがしさを知るようになった。そしてその体験は、彼の短い生涯にも強い影響を与えている。代表作『肉体の悪魔』(一九二三年)は、戦争が大きく影を落としている作品である。この物語の冒頭で、十二歳になった主人公の少年は、狂気に駆られた娘の身投げを目撃して気を失う。一九一四年、開戦直前のフランス革命記念日前日のことで、物語においては「戦争という奇妙な時期のことをよく理解させてくれる」出来事として紹介されている。そして主人公の少年も、戦時下で、奇妙な狂気に憑かれたかのような体験をすることになる。

彼は四歳年上の女性マルトと知り合い、彼女が人妻となってからも愛し合う。マルトの夫が出征すると、年若い二人は情事を重ねる。やがてマルトは妊娠し、出産後に死ぬ。帰還した夫は、残された子を休暇中にできたわが子と思い込む——出征兵士の妻を誘惑することは、ひどく憎まれた裏切り行為であり、あからさまな背徳であった。けれども少年は冷めている。それどころか、マルトとは別の娘とも関係をもち、親に対してうしろめたさも感じていなかった。インテリを気取る父親が、自分に対して断固たる態度を示せない理由を、とうに見抜いていたからである。

父の首尾一貫しない行動の理由を知りたいという人のために、僕が三行で要約してあげよう。最初は、僕を好き勝手に行動させておいた。次に、そのことを恥じて、僕よりむしろ自分に腹が立ち、僕を脅した。だが結局、怒りに流されたことを恥じて、僕の手綱《たづな》をゆるめたのだ。

少年の早熟さはいかばかりであろうか。大人を手玉にとるかのような、シニカルな態度。大人の弱点をあばき、大人の言動を見透かし、大人を平気で見下すかのような、冷厳な分析――とはいえこの背徳の少年には、じつは、大戦中にほめ称えられたあの子どもたちに通ずるものが見出せる。大人びた知恵や冷静さで「英雄」になった子どもたちを、ネガティヴなかたちで焼きつけてみれば、『肉体の悪魔』の主人公に行き着くからである。そうした意味で、彼を第一次世界大戦の負の申し子と呼ぶこともできよう。国をあげての戦争に駆り立てられ、早熟を強いる環境のなかで成長した子どもたちは、大人の築き上げたモラルなどやすやすと砕いてしまうような、新たな地平にたどり着いてしまった。戦後世代《アプレ・ゲール》が、こうして登場するのである。

第4章

「占領期」の生と死

第二次世界大戦期フランスの子どもたち

ルタバガのパリ

一九三九年九月、ナチス・ドイツによるポーランド侵攻とともにはじまった第二次世界大戦は、「奇妙な戦争」と呼ばれた八カ月間におよぶ独仏間の無戦闘状態を経て、四〇年五月、ドイツ軍によるオランダ、ベルギー、ルクセンブルクへの攻撃開始とともに、あわただしい展開をみせる。ドイツ軍はこれらの国々をくだしてフランスに侵攻し、六月十四日、パリへ無血入城した。六月二十二日に結ばれた仏独休戦協定は、フランスの降伏を告げるものであった。これにより第三共和政は崩壊し、七月十日には、ペタンを国家主席とするヴィシー政府が成立した。こののちフランスは、占領を続けるドイツ軍と、ドイツへの協力を前提とするヴィシー政府のもとで、「占領期」の四年間を経験することになる。

実際にこの時代を生きたフランスの子どもたちは、どのような日々を送ったのであろうか。ここでは、一九三二年七月にパリで生まれ二〇〇三年に死去したジャン＝ルイ・ベッソンの『パリ、ルタバガ』を紹介してみたい。著者はイラストレーターとして成功をおさめ、広告や雑誌、映画、ポスターから児童書にいたるまで幅広く活躍した人物である。『パリ、ルタバガ』は、彼が子ども時代を過ごした第二次世界大戦下の日々を回想して書かれた。はしがきのなかで彼は、「その時代に見たり聞いたりしたことを、できるだけ忠実に思い出して」書いたと言っている。この戦争について子ども向けに語ることが目的ではないとしているが、親しみやすいイラストと平易な文章とによって、『パリ、ルタバガ』は子ども向けの読み物としても、優れた作品に仕上がっている。なお、ルタバガは家畜の餌用のカブで、ふだんは人の食べるものではない。物資が不足していた時期ならばこその食糧であった。

ジャン＝ルイはカトリックの信仰あつい家庭に生まれた。家族や親しい友人のなかには、「ユダヤ人」やレジスタンスのメンバーとなるような人物はいない。父も画家・イラストレーターで、一家は裕福でこそなかったが、一九三九年の夏にはノルマンディーの海岸でささやかな休暇を楽しんでいた。戦争開始とともに父は召集され、他の家族は帰宅せずにブルターニュに住む伯父《おじ》を頼ることにした。混雑する鉄道を利用してようやくたどり着き、新しい生活をはじめる。当初は、戦争らしいことは何も起こらなかった。だが、一九四〇年五月にドイツ軍がフランスに侵入すると、パリや東部から逃げてくる人びとの車列が道路を埋めるようになった。町はずれにいたイギリス兵も引き揚げ、代わりに、ドイツ兵がやってきた。

戦争はすぐに終わり、幸運にも父が戻ってきた。そこで一家は一九四〇年九月にパリに帰る。その頃には学校にも商店にもペタンの肖像が掲げられ、「ユダヤ人とフランス人」という展示会が開かれて、「ユダヤ人の見分け方」などが示され、「ユダヤ人には気をつけなくてはならない」と教えていた。学童を歓迎した催しであったが、ジャン゠ルイの両親は息子をやろうとはしなかった。

モノが不足し、何を買うにも切符が必要で、店の前には長い行列ができた。いつでも買えるのはおいしくないルタバガだけだった。夜には灯火管制で真っ暗闇になった。それでも週に一度は映画を見に行ったし、休日にはピアノを楽しんだ。だが、この頃一家がラジオを買ったのは、楽しみのためでなくイギリスの放送を聞くためだった。密告されるおそれもあったけれど、音量を下げて聞いた。「それまでだれも聞いたことのないドゴールという将軍」が、イギリスとともに戦いを続けると言って、彼に合流するよう呼びかけてい

図25 『パリ，ルタバガ』(2005年版)の表紙 『パリ，ルタバガ』には，パリの人びとが占領期をどのように過ごしたかが，興味深く描かれている。

た。だが、「いっしょになって戦いに勝てるなんて、パリではだれも本気にしなかった」。

一九四二年七月の朝。母が青ざめ動揺していた。近隣のユダヤ人家族が多数、警察に連行されたのである(一五四頁参照)。一家の住まいは下町のベルヴィルにあった。周囲には皮革製品の仕事場や靴製造工場が並んでいて、ユダヤ人が経営していたところもあった。母は司祭に訴えた。ドイツ人がユダヤ人にしていることは、「良いこととは思えません。……恐ろしいことです」と。すると、司祭はこう返事した。「ユダヤ人はかつて、イエスを十字架にかけさせたのですよ！　いつかは彼らが災難にあうと、われわれも知っていました。仕方がないではありませんか」。十月のリセの新学期には、新しくきた教師が、いなくなった生徒たちのことにふれた。彼らは帰ってくるかもしれないし、二度と会えないかもしれない。今ここにいられる幸せな君たちには、彼らに思いをめぐらせてほしい、と。教室では「しばらくの間、だれも一言も言わなかった」。

そして一九四四年六月。連合軍のノルマンディー上陸は、「長いあいだ待っていたが、実現するとは思われなかった大ニュース」だった。父は壁に地図を貼り、連合軍の進撃状況をピンと紐で示すようにした。けれども父は、連合軍のフランス侵攻を非難したヴィシー政府のラジオ論説委員フィリップ・アンリオ(一八八九〜一九四四)がレジスタンスに暗殺

Paris Rutabaga

Au moment de partir, près de la porte, ma mère dit : "Mais Monsieur le curé, vous trouvez que les Allemands se conduisent bien, pourtant ce qu'ils viennent de faire aux Juifs, les arrêter par familles entières pour les conduire dans des camps de travail probablement, ce n'est pas bien. C'est horrible. J'y pense tous les jours !" - "Ah ! Madame Besson, les Juifs, ils ont laissé condamner Jésus, autrefois sur la Croix ! Nous savions qu'un jour ou l'autre, ils auraient des ennuis, que voulez-vous.."

図26 『パリ，ルタバガ』にみるヴェル・ディヴ事件へのカトリック司祭のコメント　ジャン＝ルイの母は，こう訴えている。「司祭様はドイツ人が立派に振る舞っているとおっしゃいますが，ドイツ人がユダヤ人にしたことは，良いこととは思えません。たぶん労働キャンプへ連れていくのでしょうが，家族ぐるみ逮捕するなんて。恐ろしいことです！　私は毎日考えてしまいます！」司祭の返答は，本文にあるとおりである。

されたときには、こう言った。「話したり意見を言ったりさせないように、誰かを殺してしまう権利などない」。やがてドイツ軍がパリから撤退をはじめた。八月二十四日には市街で戦闘があったが、夜には教会の鐘が一斉に鳴り出して、パリ解放を告げた。「窓にろうそくを灯し、通りに出て、だれもかれもが抱き合った」。

毎週何食わぬ顔で教会にきていた近所の人が、じつはレジスタンス秘密組織の将校だった。広場では、ドイツ人将校とつきあっていた女性が髪を剃られて禿《はげ》にされ、学校では、ドイツびいきだった女性教師が姿を消した。また、ドイツに味方し義勇兵として出征した知合いの青年も、帰ってこなかった。熱心なカトリック信者で、「キリスト教最大の脅威である共産主義」と戦うため東方に旅立ったのである。他方で、姉がピアノを習っていた先生にも、二度と会えなかった。胸につけた黄色い星を、毛皮の長いコートでいつも隠すようにしていた女性だった(フランスでは一九四二年五月から、ユダヤ系とされた人びとは着衣の胸に黄色い星をつけるよう命じられていた)。クラスで一人だけ、ユダヤ人強制収容所から戻ってきた生徒がいて、彼は英雄になった。こうしたさまざまな結果とともに、戦争が終わったのである。

「挙国一致」が掲げられた第一次世界大戦においては、フランスの子どもたちはいつも、父や兄は祖国を守るために戦っているのだと聞かされた。フランスの勝利をめざし、国民が一体となることが大切だと教えられたのである。その祖国、つまりは、第三共和政が努力して創り上げたはずの国民国家が、ナチス・ドイツによって崩壊させられ、国民が分断されてしまった第二次世界大戦期、子どもたちはどのように生きたのであろうか。『パリ、ルタバガ』にはこう書かれている。「カトリックの家庭に生まれ、ユダヤ人や共産主義者ではないので、占領軍当局を恐れるどんな理由もなかった。いちばん大切なのは秩序であり、慣習を尊重することだった」。とはいえ、一家はラジオでイギリスの放送を聞いていたし、画才を生かし家族ぐるみでパンの配給券を偽造していた。母はユダヤ人の運命に心を痛め、父もまた、共産主義と戦いに行くという若者の態度に首をかしげた。ベッソン家の人びとにとって、尊重すべき「秩序や慣習」は、ドイツ軍やヴィシー政府から示されるものではなかった。信心深く、家族・親族の絆《きずな》を重んじ、強制や暴力をきらい、日々を懸命に生きたこの家族が、おのずと築いてきたもののなかにこそ、見出されたのであろう。

レジスタンスの若き闘士たち

フランスの児童文学者コレット・ヴィヴィエ（一八九八〜一九七九）が、戦争中の対独レジスタンス活動をテーマに書いた作品『ぼくは英雄を見た――レジスタンスの少年たち』(一九四六年、原題『カトルヴァン通りの家』)には、「一九四三年に十二歳」というミシェル少年が登場する。父はドイツで捕虜となっており、ミシェルは母や弟妹とともに、パリのアパートで暮らしている。レジスタンスに心を寄せる彼は、文書の受渡しをする末端の活動に加わるようになり、そこでダニエルという人物と出会う。この人には、「一目あっただけで勇気がわいてくるような、そんな力強さがみなぎっていた」。ミシェルはダニエルに励まされて困難な状況を切り抜けていく。だが、ダニエルのほうは捕らえられ処刑されてしまう。大学教授であったダニエルのために、解放後、ソルボンヌ大学で追悼式がおこなわれる。参列したミシェルは、あの人を一生忘れまい、と心に誓うのだった……。

この物語の登場人物ダニエルには、実在した歴史家、マルク・ブロック(一八八六~一九四四)の面影を見て取ることができる。実際にソルボンヌ大学教授であったユダヤ系フランス人のブロックは、レジスタンス活動に参加して逮捕され、一九四四年六月十六日、リヨン近郊で銃殺された。その最期は感動的であり、次のようなエピソードが知られている。処刑場に引き出されたとき、ブロックのかたわらでは十六歳の少年が震えていた。「痛いだろうな」という声を耳にして、ブロックは優しく少年の腕をとって言った。「とんでもない。痛くなんかないよ」。そして「フランス万歳！」と叫びながら、最初に倒れた、というのである。

これらの物語や逸話が語っているように、ドイツ軍やヴィシー政府に反対して抵抗活動をおこなった人びとのなかには、実際に、何人もの年若い闘士たちがいた。何が彼らを行動に駆り立てたのだろうか。ここではまず、リュシー・オブラック（一九一二〜二〇〇七）の『孫たちに語るレジスタンス』を参照してみよう。彼女はかつて夫とともに、レジスタンスの活動家であった。夫が逮捕され、死刑を目前にしたときには、決死の作戦で夫を救出した。その劇的な活躍が、のちに映画やテレビドラマにも取り上げられたという女性である。『孫たちに語るレジスタンス』は、自身の経験をふまえながら、レジスタンスについて子どもたちに説明するために書かれたものである。

ドイツはフランスを占領して、フランス軍兵士一五〇万人を捕虜にし、国土に線引きして、フランス人から食糧を奪い、ドイツや中欧から逃げてきた人びとを引き渡すよう命じた。「なんと侮辱《ぶじょく》的なことだったでしょう！」とオブラックは言う。レジスタンスの最初の行動を引き起こしたのは、このような占領軍に従いたくない、言うとおりにしたくないという気持ちであった。彼女が語るなかに、十六歳の学生マティウの話がある。彼は通学途上、ドイツ兵士たちが電話線を敷設しているのを見た。戦争は終わったんだから彼らは帰るべきだと考えたマティウは、怒りを感じて線を切断する。彼は捕らえられ、銃殺されてしまったが、フランス人のあいだにおのずと生じた、「抵抗精神」の一例を示したのだった。

そうした「抵抗精神」はやがて、最初の武器をもつようになる。オブラックはその武器が、銃でなく「情報」であったと語る。怒りを感じ、抵抗を訴えてチラシをつくり、印刷し、配布する——その過程で人びとが集まり、行動をともにしていく。オブラックはこのようにして、レジスタンスの組織化がおこなわれていったと言う。彼女によれば、一九四四年には、多かれ少なかれ定期的に発行されていた地下刊行物が、二〇〇種類以上もあった。その背後には、共鳴し連帯した多くの人びとがいたのである。

一九四〇年十一月十一日にパリでおこなわれた学生たちのデモも、おのずと沸き起こった「抵抗精神」と、情報の共有から生じたといえよう。彼らのあいだには、十月末に反ファシズムの知識人ポール・ランジュヴァン(一八七二〜一九四六)が逮捕されたことに対する不満が高まっていた。さらに、十一月十一日は第一次世界大戦の終結した日で、学生たちはずっと、父親たちがフランスを守った記念の日だと教えられてきた。第三共和政下における愛国心教育の記憶はなお、消え去っていなかったのであろう。「フランスの学生たちよ！　十一月十一日は君にとって国祝日であった。抑圧的な当局の命令にもかかわらず、その日は心を一つにする日となるだろう。講義には出るな。十七時三十分に無名兵士を称えに行くんだ。一九一八年十一月十一日は大きな勝利の日であった。一九四〇年十一月十一日は、さらに大きな勝利の前兆となるだろう。すべての学生が連帯するのだ。フランス万歳！　この文章を書き写して配布してくれ」。ノートの切れ端に記されたこの呼びかけが、パリの学生やリセの生徒たちのあいだを駆けめぐった。

十一月十一日、凱旋門《がいせん》のあたりに数千の学生たちが集まった。彼らは、三色旗やドゴール（一八九〇〜一九七〇）を象徴するロレーヌ十字を模した花飾りを掲げ、ラ・マルセイエーズを歌いながらシャンゼリゼを行進した。デモ参加者の一人は、「本能的に行こうと決めた」と回想している。またある青年は、デモのことは知らず、劇場にコルネイユの名作『ル・シッド』の公演を見に行くつもりで外出したところ、いつのまにかデモに参加していた。介入してきたフランス警官隊に背中を殴打されたが、そのまま劇場に向かい、演劇に見とれるうちに背中の痛みを忘れたという。多くの学生たちにとって、この日デモに加わることは、ごく自然な流れに思われたのであろう。

参加者のなかには、その後も活動を続け、抵抗運動に献身した若者たちもいる。パリのビュフォン・リセの五人の生徒もそうだった。同校の教授が逮捕された際に抗議活動をおこない、やがて武装闘争に加わり、地下活動にはいった。みな、パリのブルジョワ家庭の出身である。彼らは一九四二年の夏に捕えられ、四三年二月に全員が銃殺された。そのとき十七歳から二十歳であった。彼らの最期の手紙には、両親や寡夫《かふ》であった父へのつきぬ思いが書きつづられている。「お父さんにとってひどい打撃だとわかっています。が、気丈に、未来を信じて生きてくださるよう願っています」。「かわいそうな愛するご両親、ぼくの最後の思いはあなたがたのことです！　ぼくはフランス人として死ぬことができるでしょう」。「ぼくは最期まで勇敢でいるでしょう。戦争はまもなく終わります。ちょっぴりはぼくのおかげで平和になったら、あなたがたも幸せでいられますよ」。「あなたがたはぼくにすばらしい青春時代を送らせてくれました。ぼくはフランスのために死にます。後悔は少しもありません」。「ぼくが愛し、ぼくを愛してくれたすべての人にさようなら……ぼくたちは歌いながら旅立ちます」。……

もっと年若い活動家たちもいた。ジネット・マルシェは一九三一年に、フランス西部の農民の娘に生まれた。ロンドンの放送を聞き、イギリスから物資を運んでくる飛行機に懐中電灯で合図を送る仕事をしたとき、十二歳であった。彼女はのちに、「その年齢にしては例外的な知性と冷静さ」を称えられている。また、西部サルト県に生まれたジャン＝ジャック・オデュックも、十二歳で組織の伝令役を務めた。自転車で五〇キロの道のりを移動したこともある。抵抗活動家だった両親が逮捕されたのち、ひとりでパリへ逃れた。パリでは親切な人びとの世話になったが、そのなかにはモンマルトルの売春婦たちもいた。それゆえ、解放後に彼女たちが髪を剃られて引き回されているのを見たときには、とても悲しかったと言う。両親は戦後に収容所から帰還したが、体をこわしていて、父は仕事ができなくなり、母は四九年に死去した。オデュックはその後の人生を、林業にたずさわりながら過ごした。過酷な少年時代であったがゆえに、人にはあまり会いたくなかったのだという。

この二人の場合もそうだが、年若き闘士たちの多くは、抵抗運動に荷担した親の影響を受けて活動にはいっている。けれども、彼らが逮捕されたときには必ずしも、そうした事情や年齢が考慮されたわけではなく、ときにはきびしい処罰が待っていた。先に紹介した『ぼくは英雄を見た』の物語においても、秘密の文書を運ぶ途中でドイツ兵に呼び止められた主人公が、答をはぐらかしているうちに銃口を向けられ、死を覚悟する場面がある。

結局、嘲笑《ちょうしょう》されただけで釈放されるのであるが、実際にはそうした場合、生かされるも殺されるも、その場の状況次第であった。

ドゴールによって設立され、フランスの解放に貢献したことを称えて認定された「解放の同志」には、一〇〇〇を越す個人や団体が数え上げられているが、そのうちの一八人が、レジスタンス活動に加わったとき十八歳以下であった。彼らのなかで、戦後を迎えることができたのは七人だけである。一一人は処刑されたり、戦闘で命を落としたりした。その最年少はブルターニュの農民の息子、マチュラン・アンリオである。巡回中のドイツ兵に尋問された際、レジスタンス活動家たちの情報を与えることを拒んで、一九四四年二月に射殺された。そのとき十四歳であった。

ギィ・モケの肖像

「レジスタンスの若き英雄」として有名な人物のなかに、ギィ・モケがいる。モケは一九四一年十月二十二日、十七歳でドイツ軍によって銃殺された。パリのメトロには、彼の名前を冠した駅がある。また彼の肖像画は、切手の図案にも描かれた。このように、従来から名を知られていたモケが、近年また話題になったのは、二〇〇七年にフランス大統領となったサルコジが、選挙活動中から何度かモケに言及したためであった。サルコジはこの「フランスに命を捧げた青年」を、「過去でなく未来の模範」だと称賛し、モケの遺《のこ》した最期の手紙が、すべてのリセで読み上げられるとよいと述べたのである。サルコジは内相であった二〇〇五年、パリ近郊で発生した若者の暴動に際して、暴動に加わった若者たちを「くず、ごろつき」と呼んで断固たる対策を打ち出したことで知られる。それだけに、青少年の模範としてモケを称えるサルコジの発言には、反発や批判が寄せられたと同時に、当の青年に対して、改めて関心が向けられるようになった。ギィ・モケとはどんな人物だったのであろうか。

ギィの父プロスペル・モケは、鉄道員出身の共産党活動家で、パリ十七区選出の代議士であった。一九三九年八月二十三日に独ソ不可侵条約が結ばれた際、フランス共産党はソ連の側に立ってこの条約を支持する。これに対し当時のフランス政府は、法によってコミンテルンに与《くみ》する活動を禁じ、共産党の解散を命じた。おおぜいの共産党員が党を離れていくなかで、プロスペル・モケは党に忠実であった。それゆえ逮捕され、五年間の市民権剝奪《はくだつ》のうえ投獄されて、四一年春にはアルジェリアに送られた。

ギィはプロスペルの長男で、一九二四年四月にパリで生まれた。早くから党青少年組織に属して活動しており、父が逮捕されたときには、母に「父の戦いを続ける」と表明している。彼は街頭でビラを配ったりしたが、そうしたビラには、父の釈放を求める一方、人民の権力としてソ連を擁護し、労働者が巻き込まれてはならない資本主義国同士の争いとして、戦争を批判する文章がみられる。ギィもまた党に忠実だったのであり、その指示に従って行動していた。彼の配ったビラには、フランスを占領するドイツ軍に対する批判は書かれていない。ギィ・モケは四〇年十月十三日に、パリ東駅で一人の仲間とともに逮捕された。共産党の活動を禁じる法に違反したからというのであった。だが四一年一月、パリの裁判所は彼に対して、監視付きの放免を言い渡した。未成年で、善悪の区別がつかずに行動したと判断されたのだった。しかしながら、投獄された共産党代議士の息子で、自身も早くから党の青少年組織で活動していた彼が、簡単に釈放されることはなかった。モケは結局、四一年五月に、ナントの北部シャトーブリアンにある収容所に収監された。

そして一九四一年六月二十二日、独ソ戦がはじまった。モケの運命は、ここから大きく変わっていく。コミンテルンは各国の共産党に対し、「ソ連人民の戦いを軽減するために」ドイツの戦争を妨害する作戦を指令したのである。フランス共産党は反ファシズムに方向転換し、共産党員によるドイツ占領軍へのテロ攻撃が開始された。これに対抗するべく、ドイツ軍当局は八月二十二日に、フランスにいるドイツ人が攻撃されれば報復として「人質」を処刑するという方針を打ち出した。「人質」とは、ドイツ軍かフランス政府によって逮捕されたフランス人男性で、ユダヤ系の人びとや共産主義者から先に選ばれるものとされた。その際、攻撃を加えた人物が若者であったならば、二十一歳以下の者も「人質」とみなすことが規定された。

一九四一年十月、ドイツ人将校とドイツ軍関係者がそれぞれ、ナントとボルドーで暗殺された。これに対する報復として、「人質」の処刑がおこなわれることになった。人選には、ヴィシー政府とドイツ軍が協力してあたった。当時の内相ピュシュー(一八九九〜一九四四)はこのとき、彼が危険だと考えていた共産主義者たちに占領軍の目を向けさせ、そうでない収監者をできるだけ避けようとしたといわれる。ともあれ、ヴィシー政府側が提出したリストには、未成年者の名前は含まれていなかった。最終的には、ドイツ軍当局が処刑される「人質」を決定した。そこには、犯人のなかに若者がいたとの目撃情報をふまえて、一一人の未成年者が加えられた。うちの一人が、ギィ・モケであった。このようにして、ドイツ軍へのテロ活動に対する報復として処刑された「人質」は、四一年十月から十二月のあいだに一九三人にのぼった。

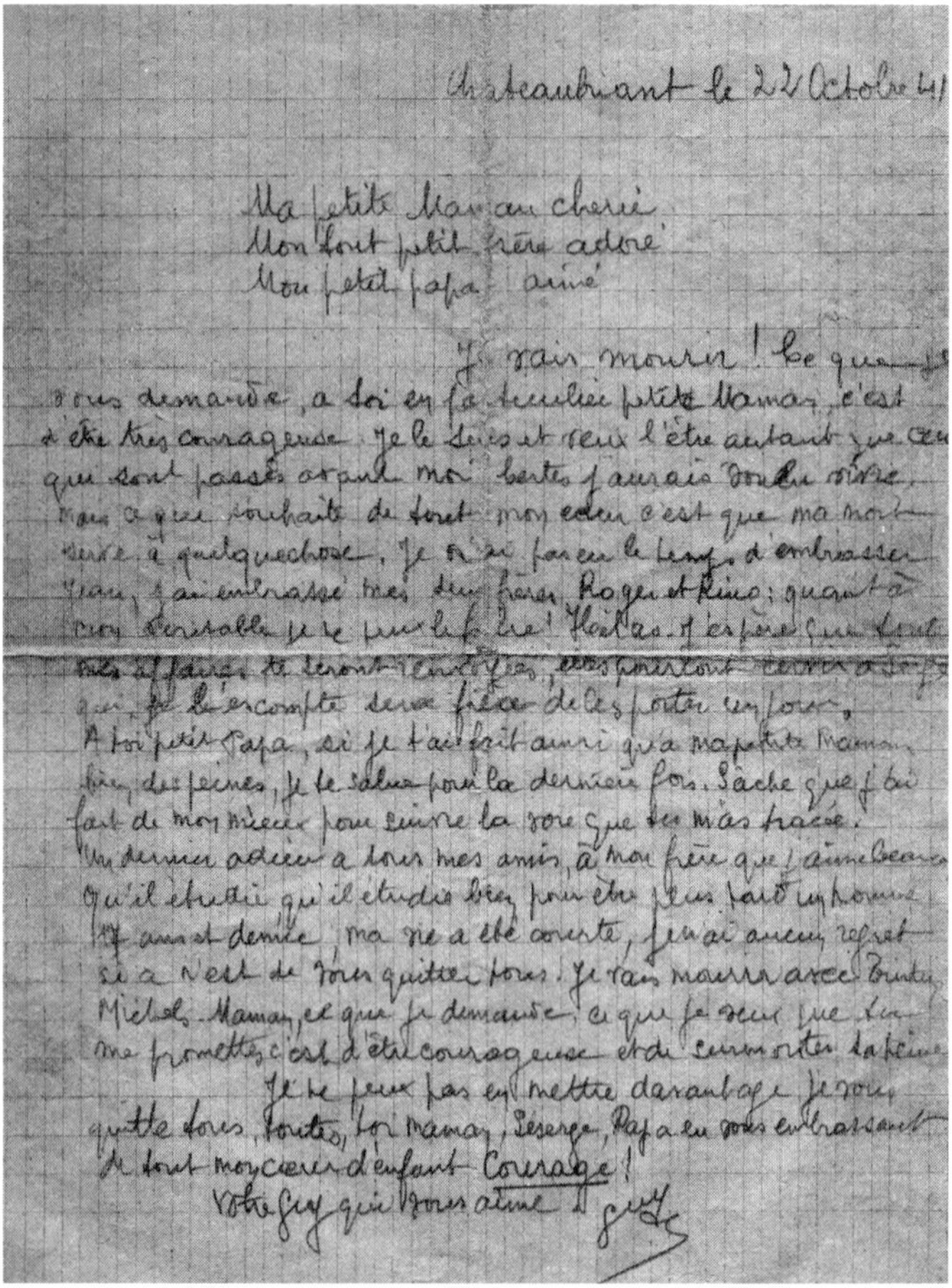

Chateaubriant le 22 Octobre 41

Ma petite Maman chérie
Mon tout petit frère adoré
Mon petit papa aimé

Je vais mourir! Ce que je vous demande, à toi en particulier petite Maman, c'est d'être très courageuse. Je le suis et veux l'être autant que ceux qui sont passés avant moi. Certes j'aurais voulu vivre. Mais ce que je souhaite de tout mon cœur c'est que ma mort serve à quelquechose. Je n'ai pas eu le temps d'embrasser Jean, j'ai embrassé mes deux frères Roger et Rino; quant au véritable je ne peux le faire hélas. J'espère que toutes mes affaires te seront renvoyées, elles pourront servir à Serge qui je l'escompte sera fier de les porter un jour.
A toi petit Papa, si je t'ai fait ainsi qu'à ma petite Maman, bien des peines, je te salue pour la dernière fois. Sache que j'ai fait de mon mieux pour suivre la voie que tu m'as tracée.
Un dernier adieu à tous mes amis, à mon frère que j'aime beaucoup. Qu'il étudie qu'il étudie bien pour être plus tard un homme.
17 ans et demie, ma vie a été courte, je n'ai aucun regret si ce n'est de vous quitter tous. Je vais mourir avec Tintin, Michels. Maman, ce que je demande, ce que je veux que tu me promettes c'est d'être courageuse et de surmonter ta peine.
Je ne peux pas en mettre davantage. Je vous quitte tous, toutes, toi maman, Serge, Papa en vous embrassant de tout mon cœur d'enfant. Courage!
Votre Guy qui vous aime
Guy

図27　ギィ・モケの遺書　下方の下線部には「元気を出して(クラージュ)！」と書かれている。

図28　ギィ・モケと弟のセルジュ（1939年）　遺書にもあるように，ギィはまだ幼かった弟をとてもかわいがっていた。だが，兄の刑死に衝撃を受けた弟は，ナチス占領下の緊張した社会状況にも耐えられず病み衰え，1944年４月に12歳で世を去っている。

ギィ・モケは処刑場に引き出される前に、家族に宛てて最期の手紙を書いた。
愛《いと》しいママ、大好きな弟、愛するパパ、ぼくは死にます！　あなたがたに、とりわけ、愛しいママにお願いしたいこと、それは勇気をもってほしいということです。ぼくもそうします。先に逝った人たちと同じくらい、勇敢でありたいのです。確かに、ぼくは生きていたかった。でも、ぼくが心から望んでいるのは、ぼくの死が何かの役に立つことです。……愛しいパパ、ぼくはママに対してと同様、パパにもひどくつらい思いをさせてしまいましたが、最後のお別れをします。パパがぼくに示してくれた道を進むため、最善をつくしたのだとわかって下さい。すべての友と大好きな弟に最後の別れをします。一人前になれるよう、弟がいっぱい勉強しますように。十七歳半！　ぼくの人生は短かった！　けれども、あなたがた皆とお別れしなければならないこと以外、悔いはありません……

ドイツ軍への抵抗運動に荷担したため処刑されたわけではないのに、ギィ・モケが死後、悲劇のレジスタンス活動家として知られるようになったのは、共産党のプロパガンダによるところが大きい。独ソ戦開始以降、フランス共産党は積極的なレジスタンス活動をとおして再生していった。そして、独ソ不可侵条約を支持した過去を払拭《ふっしょく》し、フランスの解放に尽力した功績を強調しようとした。ナチスに果敢に抵抗し、祖国に命を捧げた愛国者の党、「銃殺された七万五〇〇〇人の党」というイメージをつくりあげていったのである。その過程で、ギィ・モケの名前がさかんに語られた。ドイツ軍の残酷な仕打ちによって命を絶たれた年若い犠牲者として、注目を集めることができたからであった。こうしてモケはいつのまにか、「レジスタンスの共産党」を象徴する英雄になっていたのである。

ギィ・モケは活動的な青年であった。ソ連を理想の社会と考え、共産党に忠実であった父を尊敬し、自分もその道を歩むため、困難な状況のなかで行動した。と同時に、母を愛し、弟を優しく思いやる兄でもあった。彼はまた獄中で恋もした。やはり党青少年組織に属していて収監された一人の少女に、心を奪われたのである。処刑の前、彼は「君を愛する仲間より、いっぱいの大きな愛をこめて」彼女に別れを告げている。愛する人びとを気遣いながら、彼は死んでいった。その最期の手紙からは、確実に迫りくる死を前にして、遺していく人びとへのつきない思いと、非情な運命に果敢に立ち向かおうとする意志を感じ取ることができる。その点は、先にみたビュフォン・リセの生徒たちも同様であったといえよう。

移送された子どもたち

現代史家アネット・ヴィヴィオルカによる『娘と話すアウシュヴィッツってなに？』は、第二次世界大戦中、ユダヤ人の大量殺戮《さつりく》がどのようにしておこなわれるにいたったかを、子どもたちに語るために書かれたものである。ヴィヴィオルカ自身、アウシュヴィッツで祖父母を亡くしている。このなかで彼女は、一九四二年七月十六日・十七日のパリでおこなわれたユダヤ人の大量逮捕――ジャン＝ルイ・ベッソンの母を震え上がらせ、のちにヴェル・ディヴの一斉検挙として知られるようになる事件――について、次のように説明している。「恐ろしいヴェル・ディヴの一斉検挙事件からすべては変わったの。……このとき逮捕されたのは、とくに女と子どもたちだった」。それまでに拘束されていたのは、ほとんどが外国出身のユダヤ人男性であった。それゆえその妻子はまだ、多くが家にとどまっていたのである。逮捕されたのち、「母親たちは子どもから引き離された。身が引き裂かれるような光景よね。そして母親たちは強制移送されたの」。子どものほうはしばしば国内の収容所にとどめおかれていたが、結局は子どもたちも移送された。

一九四〇年にフランスには、三三万人のユダヤ人がおり、うち半数が外国系ユダヤ人であったといわれる。ヴィシー政権下でのユダヤ人迫害は、ユダヤ人の身分の定義や人口調査・登録にはじまり、就業や所有や行動の自由の制限、「黄色い星」の着用強制などにいたるまで、しだいにきびしさを増していった。四一年五月には最初の一斉逮捕もおこなわれ、約三八〇〇人の外国系ユダヤ人男性が逮捕された。外国系ユダヤ人の女性と子どもが多数検挙されたのは、ヴィヴィオルカの指摘にあるように、四二年七月のパリ、つまりヴェル・ディヴの一斉検挙が最初である。しかしながら、フランスを占領していたドイツ軍当局も、この頃にはまだ、子どもを連行することまで考えていたわけではなかった。それを提案したのはむしろ、ヴィシー政府の側であった。ヴェル・ディヴの一斉検挙に先立ち、首相ラヴァル(一八八三〜一九四五)は、「人道的意図」から十六歳以下の子どもも両親に同行させるように求めたという。なぜこのような提案がなされたのであろうか。

フランスからアウシュヴィッツなど東方の強制収容所へ移送されて殺害されたユダヤ人の記録を丹念にたどる調査を続けているセルジュ・クラルスフェルトによれば、三つの点が考えられるという。一つは、移送するようドイツから求められる人数に、大人だけでは不足するからというのである。ユダヤ系のフランス人を守るためにも、ユダヤ系外国人の子どもを加える必要があった。次に、子どもだけ残されても、世話することができないとの考えがあった。さらには、街頭で親子を引き離せば愁嘆《しゅうたん》場になり、パリ市民に刺激を

図29　移送された人びとの名前を刻んだ壁(パリのショアー記念館)　2005年に開館したパリのショアー記念館には，フランスからアウシュヴィッツなどの収容所へ移送された７万6000人の名前を刻んだ壁が建てられている。このうち生還することができたのは，2500人ほどであった。

与えるという懸念《けねん》もなされた。このようにして、一九四二年七月十六日・十七日の両日、パリではフランス警察の手によって、およそ一万三〇〇〇人が検挙された。うち、十六歳未満の子どもを同伴しない約二〇〇〇人の男性と三〇〇〇人の女性はただちに、パリの北にあったドランシー収容所に入れられた。残りは、パリの冬季競輪場(ヴェル・ディヴ)に連行されたが、そこには、一〇〇〇人強の男性、三〇〇〇人弱の女性に加えて、四〇〇〇人以上の子どもたちがいた。しかも、この子たちの四分の三が、親はたとえ外国籍であっても、自身はフランス国籍をもっていたのである。暑さと飢えと渇きのなか、競輪場で数日を過ごした人びとはやがて、パリの南にあったピティヴィエとボーヌ゠ラ゠ロランドの収容所に送られた。

パリからベルリンへ、子どもも移送可能か問合せがなされた。返事を待つあいだにも、親たちが先に移送列車に乗せられ、子どもたちは劣悪な環境のなかに残された。七月の逮捕から一カ月後、移送を待つ子どもたちもドランシー収容所へ送られたが、彼らの様子を、世話係であった一女性は次のように回想している。「十五カ月の子から十三歳の子までいましたが、その汚さといったら、筆舌につくしがたかったです。四分の三は化膿《かのう》したとびひだらけでした」。シャワーを浴びさせるため裸にすると、「みな恐ろしいくらい痩せこけて、本当にほとんどすべて傷だらけでした」。しかもほぼ全員が赤痢にかかり、「下着は信じられないくらい汚れていました」。それでも子どもたちは、一番大事なものを見せてくれた。父や母の写真である。母親たちはそこに、走り書きの優しいことばを残していた。母子が引き離された悲しい瞬間を思い、「私たちはみな泣きました。お母さんたちはどれほどつらかったことでしょう」。世話係の女性たちにできたのは、また会えるからね、と真実でない慰めのことばをかけることだけであった。

そして子どもたちも移送された。さらに八月末には、ドイツ占領地域ではない南部においても、子どもを含めた一斉検挙がおこなわれた。こうして、フランス全土で、国籍を問わずユダヤ系の子どもの命が危険にさらされることになった。「在仏ユダヤ人総連合」(UGIF)の監督下にあった児童施設さえ、安全ではなかった。UGIFは、フランス全土のユダヤ人をまとめるべく、当局の承認のもとで合法的な存在を許された唯一のユダヤ人組織である。傘下の施設では、親が早くに逮捕されたりしていなくなった子どもたちを保護していた。にもかかわらず、解放を目前にした一九四四年七月、そうした施設からも数百人の子どもたちが連れ去られて、移送されたのである。

さらに、ヴィシー政府は結局、ユダヤ系のフランス人を守ることもできなかった。「女子どもを捕まえて、いったい何になるというのだろう？　戦争中の国にとって、そんなことをするのは途方もなくばかげたことではないのか？」今はみな理性を失っていて、こんな単純な問いかけもなされない――一九四三年十月に、日記にこう書いたエレーヌ・ベールは、一九二一年にパリで生まれた。ユダヤ系だがフランス社会に同化した教養あるブルジョワ家庭に育ち、父はグランド・ゼコール出身のエンジニアで企業の幹部、エレーヌ自身はソルボンヌ大学の学生であった。彼女はＵＧＩＦのヴォランティアのスタッフとして、子どもたちの世話にあたっていた。同胞の役に立ちたいと、逃げることなく踏みとどまっていたのである。だが、フランス国籍をもっていてもＵＧＩＦのメンバーであっても、迫害をまぬがれることはできなかった。彼女は四四年三月に両親とともに逮捕された。そして四五年四月、ベルゲン＝ベルゼンの収容所で殺害されている。

一九四二年三月から四四年夏までのあいだに、フランスにおける逮捕・拘禁・強制移送によって十八歳未満のユダヤ系の子どもたち約一万一〇〇〇人が命を落とした。うちの約六〇〇〇人は十二歳以下であった。そのなかの一人の少女が、ピティヴィエの収容所から父に宛てて書いた手紙を紹介しよう。「……ここでは、力が全部ぬけていくようです。私はすごく痩せてしまいました。今病気です。その上、水疱瘡《みずぼうそう》にもなりました」――一九三一年にパリで生まれたマリ・ジュランは、逮捕されたとき十歳であった。彼女の父はこのとき、フランス北東部のアルデンヌにおいて強制労働に従事していた。「お父さんは元気でいて下さいね。とくに、私みたいに病気にはならないで。私みたいに寂しがらないで。というのも私は、お父さんのことを思うと、ときどき泣いてしまうからです。お父さんを愛し、お父さんを強く抱きしめる娘、マリ」。先に母が移送された。そしてマリもまた、この手紙を書いた三日後の四二年九月二十一日、三五回目の移送列車に乗せられ、アウシュヴィッツに向かったのである。

フランスから移送された子どもたちのほとんどが、帰ってこなかった。列車から降ろされたとき、そこで生き延びるわずかな可能性が残されたのは、労働が可能とみなされた少数の青壮年者だけであった。幼い子どもたちはただちにガス室へ送られた。そこでは、「子どもであること」は、死を回避する理由になるどころか、即座の死の宣告をもたらした。レジスタンス活動にかかわったり、反政府的な言動をおこなった青少年たちが、未成年であったにもかかわらず殺されることがあったとしたならば、アウシュヴィッツに移送された子どもたちは、まさに子どもであったからこそ殺された。それが「民族絶滅」ということばの意味することであった。

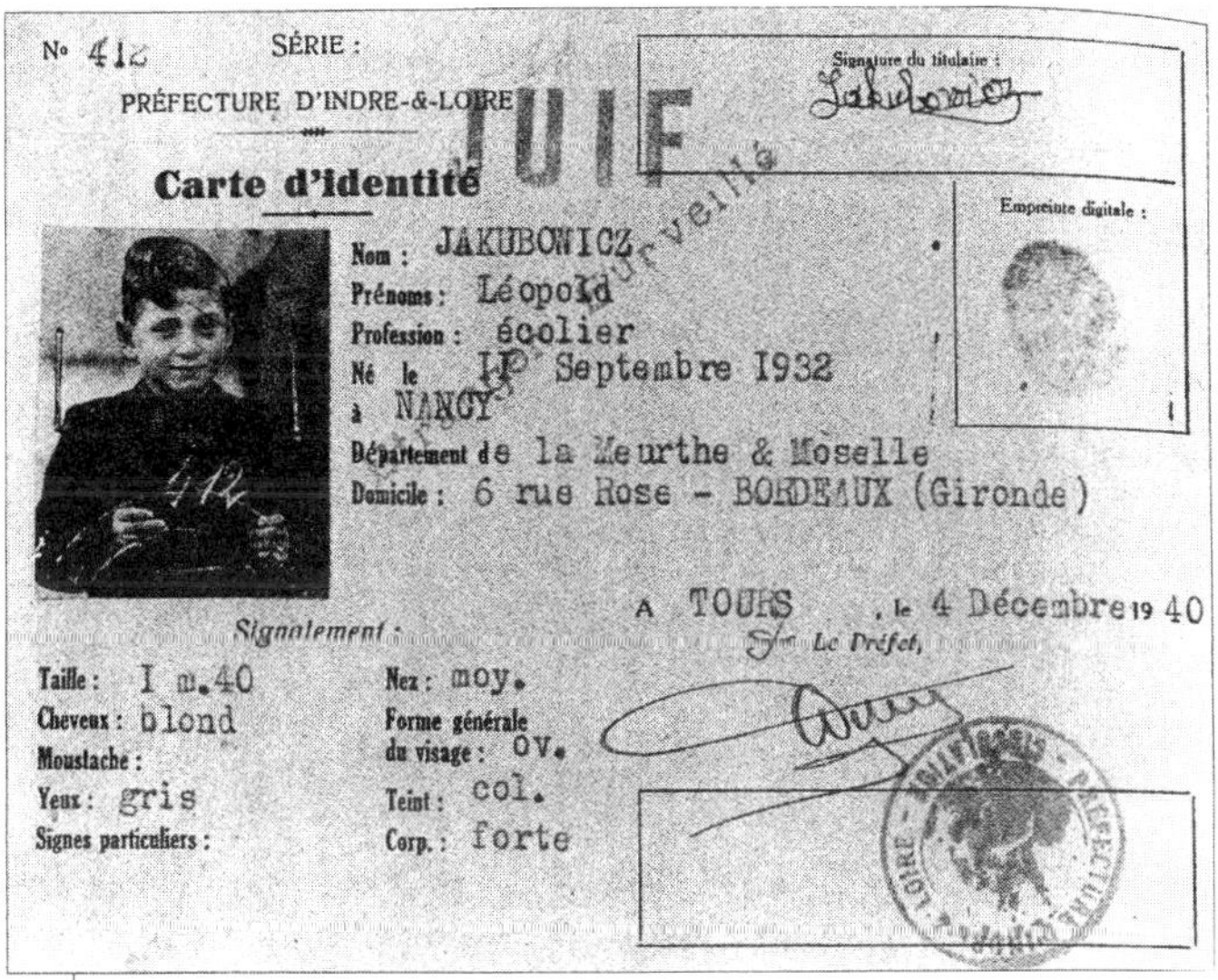

No 412 SÉRIE :

PRÉFECTURE D'INDRE-&-LOIRE

JUIF

Carte d'identité

Signature du titulaire : Jakubowicz

Empreinte digitale :

Nom : JAKUBOWICZ

Prénoms : Léopold

Profession : écolier

Né le 1? Septembre 1932

à NANCY

Département de la Meurthe & Moselle

Domicile : 6 rue Rose - BORDEAUX (Gironde)

A TOURS , le 4 Décembre 1940

Signalement :

Le Préfet,

Taille : I m.40

Cheveux : blond

Moustache :

Yeux : gris

Signes particuliers :

Nez : moy.

Forme générale du visage : ov.

Teint : col.

Corp. : forte

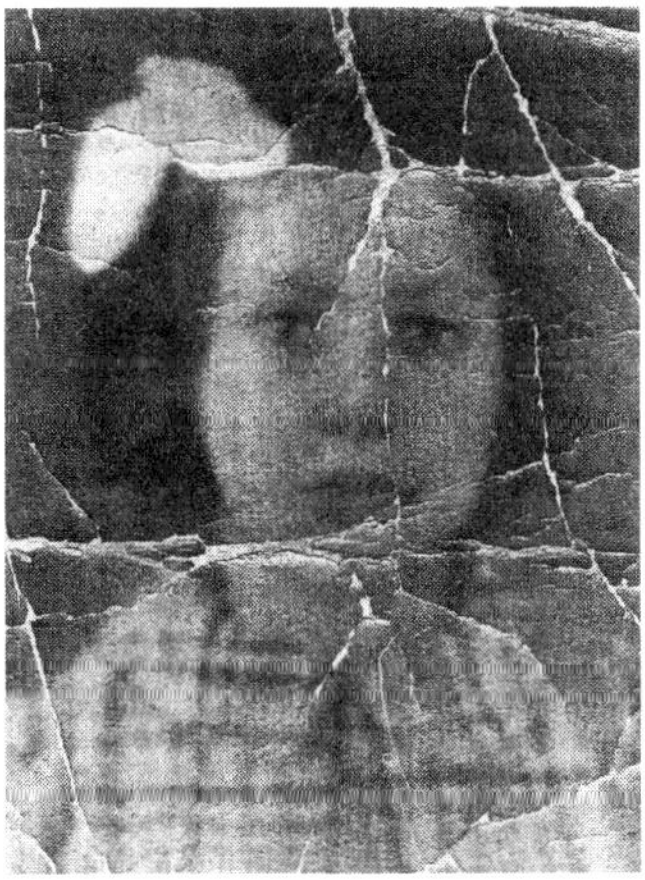

図30　移送されたユダヤ人の少年・少女　上は少年の身分証，下はマリ・ジュラン。

隠れて生きた子どもたち

第二次世界大戦中、フランスから移送されたユダヤ系の人びとは、フランス国籍をもっていた二万四〇〇〇人を含め、七万六〇〇〇人にのぼる。そのなかで十八歳未満の一万一〇〇〇人が全体に占める割合は、一四・四％である。十六歳未満では一二・三％になる。この数字は、ベルギーのそれが二〇％であったことに比べると、明らかに低い。またイタリアでは、移送された人びとの二一・五％が二十歳未満であった。ゆえにフランスにおいては、移送された子どもの割合は、二つの隣国よりも少なかったと考えることができよう。この事実の背景には、子どもたちを助けようとした多くの人びとの努力があった。

デボラ・ドワークの『星をつけた子供たち』は、具体例をたくさん示しながら、ナチス支配下のヨーロッパにおけるユダヤ系の子どもたちに焦点をあてた貴重な研究書である。このなかで彼女は、子どもを救うために重要だったのはなにより、親が自分では守れないとあきらめて、子どもを人手に渡すことだったと述べている。実際、さまざまな人びとが、ユダヤ系の子どもたちに手をさしのべた。たとえばユダヤ系の団体「児童救済協会」（ＯＳＥ）は、もとは子どもの福利厚生をめざしてつくられた組織で、占領期にはＵＧＩＦの下部組織に位置づけられたが、子どもたちを施設にとめおくのではなく、匿《かくま》い養ってくれる家庭へ送り届ける地下活動を独自に展開した。預かってくれるフランス人家庭を求めて、パリから遠い西部や中部にまで、関係者や協力者が足を運ぶこともあった。またOSEは南部では、より大規模にそうした活動を展開した。指導者ジョルジュ・ギャレル（一九〇九〜七九）の働きかけによって、トゥールーズ大司教やモントーバン司教の支持が得られたこともあり、カトリックさらにはプロテスタントの諸団体からも協力が寄せられたからである。南部のほぼ全域に、子どもを匿い保護するためのネットワークがつくりあげられた。OSEはそのようにして、第二次世界大戦下のフランスで、約五〇〇〇人の子どもの命を救うことができた。

偽造の身分証や出生証明書、配給切符などを子どもたちに与えて、施設や一般の家庭に秘密裏に託すことがおこなわれた。フランス語を話せなかったり、キリスト教徒とみられない子どもの場合は、国外脱出もはかられた。預け先をさがしたり、子どもを連れていったり、偽の書類を作成したり、物資や資金を調達する作業は、相当の危険をともなうものであった。にもかかわらず、宗派を問わず、多くの協力者が集まった。とりわけ、若者や女性の活躍が目立った。ミシュリヌ・カーアンもその一人である。一九一三年生まれで、彼女はプロテスタントのスカウト組織のメンバーであった。子どもの預け先をさがして、自転車で北西部のオルヌ県やサルト県を駆けめぐった。断られると隣家をたずねながら、一人、また一人と子どもたちを預けていった。託したあとにもたびたび様子を見にいったが、場所をメモに書き残すのは危険だったので、預け先はみな覚えていたという。元気な彼女だったが、子どもから親の消息を聞かれるのはつらかった。そのときを思い出すと、「何年たっていても、当時と同じくらい動揺してしまうわ」と語ったという。

町ぐるみで子どもを守ろうとしたところもある。たとえばフランス南西部タルン゠エ゠ガロンヌ県のモワサックでは、ユダヤ系のスカウト組織ＥＩＦのメンバーであったシモン夫妻(一九〇五〜九三、一九一〇〜二〇〇三)が、住民の援助で寄宿舎を維持し、子どもたちを保護していた。児童文学者キャシー・ケイサーの『エーディト、ここなら安全よ』(二〇〇六年、原題『エーディトを匿《かくま》う』)は、この寄宿舎で過ごしたオーストリア生まれのユダヤ人少女エーディト・シュワルブの実話に基づき、子ども向けに書かれた物語である。迫害を避けるため、シュワルブ一家はウィーンから南フランスまで逃げてきた。だが一九四二年十一月、南部の自由地域がドイツ軍に占領され、父が逮捕されると、母は彼女と弟を寄宿舎に託し、「本当の自分をわすれないでね」と告げて身を隠す。四三年三月のことである。このとき十歳だったエーディトは、不安をかかえながらも寄宿舎での生活になじんで

図31　シモン夫妻とモワサックで生き延びた子どもたちが建設した顕彰碑(上)

いった。しかし危険が迫り、八月には寄宿舎も閉鎖された。彼女は別の名前を与えられ、大西洋岸に近い別のカトリック寄宿舎に、素性を隠して入り込んだ。だがそこにはなじめず、飢えにも苦しめられる。ゴミ箱をあさるような日々を送っていたが、やがて連合軍の爆撃がはじまり、新しい寄宿舎が危険になったので、今度は農家に預けられることになった。幸いにも優しい家族で、エーディトはそこでフランスの解放を迎えることになる。父は戻らなかったが、母も姉も弟も生き延びて、再会を果たすことができた。

エーディトの命は、母の決断に加え、モワサック寄宿舎の関係者たちが寄宿舎閉鎖後も子どもたちの行き先を世話し、用心怠りなく行動したために救われた。そしてその背後には、ユダヤ人の子どもを匿うことは危険であると知りながら、子どもを預かり保護しようとしたたくさんのフランス人の存在があった。子どもを逮捕し連行する、という常軌を逸した事態を目の前にして、名もなきおおぜいの人びとが、危険を覚悟でひそかに援助の手をさしのべたのである。そのようにして、ドイツ占領下のフランスでは、先のＯＳＥの貢献も含め全体で一万人以上のユダヤ系の子どもたちが、匿われることによって命をながらえた。

だが、隠れて生きることはなまやさしいことではなかった。子どもを預かったすべての

図32　エーディト・シュワルブの家族　1940年，最初にたどり着いたベルギーで。前列左がエーディト。ウィーンで有名なサッカー選手だった父だけが還ってこなかった。

家庭が愛情に満ちた快適な場ではなかったし、不安をかかえた子どもに適切に対処できたわけでもなかった。養い親と心を通わせることができなかった子がいた一方で、「本当の自分」がわからなくなった子どもたちもいた。後者に関して有名なのは、フィナリー兄弟の例である。彼らの父は医師で、オーストリア生まれのユダヤ人であった。グルノーブル近郊に住んでいたが、妻とともに逮捕され移送された。その直前の一九四三年末、夫妻は二歳と一歳の息子たちを人手に預けた。ところが養い親になった女性は、幼い兄弟を修道会に託し、カトリックの洗礼を受けさせてしまう。戦後に兄弟の叔母《おば》が消息を求めた際にも、養い親は引渡しを拒んで子どもたちを隠しつづけた。叔母と養い親のあいだで争いが生じ、いっときは、カトリック教会とユダヤ教会の対立にまで発展しかねない状況になった。だが、両教会は冷静に行動した。フィナリー兄弟の洗礼は取り消され、二人は叔母の許に返されたのである。

この兄弟は、親族がねばり強く捜索を続けたために、自分たちの出自を知ることができた。けれども、「本当の自分」がわからなくなり、別人として生きた子どもたちもいたのである。また、隠された子どもたちが自分を見失わずにいたとしても、親が移送されていれば、ほとんどの場合、二度と会うことはできなかった。そのうえ、恐怖と不安のなかで

図33　フィナリー兄弟と叔母ロスナー夫人　２人の親権を獲得した叔母ロスナー夫人とともに，フィナリー兄弟は1953年７月，夫人の住むイスラエルに向けて旅立った。２人はその後，医師と軍人になった。

身を隠して生きた経験は、子どもたち自身の心に大きな傷跡を残した。そうした彼らにとっては、戦後もまた苦難の歳月であったろう。第二次世界大戦の「隠された子ども」たちが、みずからその存在を明らかにし、自分たちの会合をもつようになったのは、一九八〇年代末から九〇年代にかけてのことであった。

「ボッシュの子」

ジャン゠ルイ・ベッソンの回想録にみたように、解放後のフランスではあちこちで、頭を丸坊主に刈られ、人びとの嘲笑にさらされた女性がいた。占領期にドイツ兵と関係をもったという理由からであった。彼女たちの腕にはときに、乳幼児が抱かれていた。ほどなく「ボッシュの子」と言われるようになる子どもたちの不幸は、そのときからはじまった。

ジョジアーヌ・クリュゲールの『ボッシュの子』は、ドイツ兵の父とフランス人の母から生まれた著者自身の半生を書きつづったものである。彼女は一九四二年に生まれ、フランス北部のソンム県において、祖母と母との三人で貧しく暮らしていた。母は家で手袋を編む仕事をして、めったに外出しなかった。学校にジョジアーヌを連れていくのも、買い物をするのも、祖母の仕事であった。あるときジョジアーヌは、級友たちに近づこうとして、「ボッシュの子、あっちにいって！」と言われる。強烈なショックを受けたのだが、意味がわからない。帰宅後母にたずねると、母は「どうしてそんなことを訊《き》くの！」と顔をこわばらせて叫んだ。「おまえのパパはドイツ兵だったんだよ」と説明してくれたのは祖母だった。「おまえが大きくなったらわかるよ。他人が言うことはほうっておきな」。母が丸刈りにされないですんだのは、母の兄がレジスタンス活動家だったからという。だがその人物は、自分の娘がジョジアーヌに近づくことは許さなかった。

ジョジアーヌは学業に優れていたが、母は表彰式にも学校行事にも一度も姿をあらわさなかった。母はやがてフランス人男性と一緒になり、ジョジアーヌの父のことはついに語らずじまいだった。母の沈黙のなかで、ジョジアーヌは苦しみつづけた。「その傷がわたしの全生涯を蝕んできた」と彼女は言う。とはいえジョジアーヌには、彼女を守ってくれた祖母がいたし、学校の教師のなかにも理解者はいた。実の父とも、一度だけ会ったことがある。母が隠していた手紙から父の居所をつきとめたジョジアーヌが、こっそり連絡をとったからであった。父はドイツで結婚しており、ジョジアーヌは長じてからは、その家族とも親交を深めることができた。それでも彼女は、「いまだにわたしは、自分がノーマルな人間ではないという印象を拭《ぬぐ》いきれない」と語る。

「ボッシュの子」には、つらい子ども時代を過ごした人が多い。たとえばダニエルがそうだった。彼は一九四三年に生まれた。両親はありがちなロマンスの結果結ばれた。自転車が故障し困っていた女性を、一人の若者が助けたのだ。若者はドイツ兵で、四五年に死んだ。ダニエルは四歳のときからブルターニュの祖母のもとで育てられた。だが、祖母は金髪碧眼《へきがん》の孫をかわいがることなく、棒でたたいたり鶏小屋に閉じこめたりした。近隣の人びとは好奇と侮蔑《ぶべつ》の目で彼を見た。だから子どものときには、ドイツ人の息子であることがずっと恥ずかしかったとダニエルは言う。丸刈りにされないよう故郷をいち早く逃げ出した母は、時折たずねてくるだけだった。母にも言い分があっただろうが、「母がそう望んだなら、私の子ども時代をもっと良くすることができたと私は思う」。それでもダニエルはまだ、父の実家と連絡がとれただけ幸いであった。父は死ぬ前、ドイツの家族に息子の存在を知らせており、父の実家の人びとは彼に優しくしてくれたからである。

一九四一年にルーアン近郊で生まれたジャニーヌの場合、父のことはほとんどわからない。ヴェルナーと呼ばれた金髪の陽気な青年で、のちに東方戦線に送られたらしいということだけである。母は出産後、結核にかかって入院していたが、四四年六月、連合軍の爆撃の際、病棟が空襲の巻添えになったために死んだ。祖父の家に引き取られたジャニーヌは、そこでひどい虐待《ぎゃくたい》を受ける。「母親みたいにおまえも売女《ばいた》になるだろうさ」と祖父は言った。侮辱と殴打といやがらせが毎日のように繰り返された。足にはまだ痣《あざ》が残っている。それゆえ祖父が死んだとき、十四歳だったジャニーヌは「狂喜した」と語る。彼女は今でも、父の足跡を追っているという。

第二次世界大戦において、ドイツ兵とフランス人女性とのあいだに生まれた子どもたちは二〇万人にのぼると見積もられている。その多くが、フランスの解放後長きにわたり、息をひそめるようにして生きてきた。彼らの多くは、実の父を知らない。そして親戚縁者や祖父母から、ときには生みの母からさえ、「おまえなんか生まれてこなければよかったのに」というまなざしを向けられて育ってきた。ダニエルは語っている。「子どもにとって、自分が愛されていないと知ることは、大事なことではあるけれど、それほど恐ろしいことではないんだ。恐ろしいのは、愛するという高貴な感情を他人から拒絶されてきたために、自分も人を愛せないことなんだ」。

第二次世界大戦中、レジスタンス活動家や人質として処刑された青少年の多くが、家族に遺書を残していた。彼らは息絶える瞬間まで、家族の愛情を感じることができた。また、占領下で隠れて生きたユダヤ系の子どもたちは、父母の思い出を胸に再会を祈りながらつらい日々を過ごした。ガス室に一人送られた子どもたちさえ、父や母の面影を思い浮かべながら死んでいった。しかし「ボッシュの子」には、心の支えとなるような家族は存在しなかった。それどころか、彼らの多くが、自分はだれからも愛されず、よけいな存在でしかないと思いながら生きてきたのである。その苦悩はいかばかりだったであろう。老年期を迎えてようやく、この人びとは語りはじめた。そしてその訴えに、関心が示されるようになった。フランスのテレビ局が、彼らを取り上げたドキュメンタリー番組をはじめて放映したのは、二十一世紀にはいってからのことである。

あとがき

「子ども」は、人びとがそのことを意識するしないにかかわらず、社会の未来を象徴する存在である。「子ども」がどう位置づけられ、いかに育てられるかをみていくことによって、その社会の特質がわかる。

たとえばヨーロッパの農村には、古来から、長く続く人間の鎖の一環として子どもの誕生をとらえる見方があった。だれかが死ぬかわりに赤ん坊が生まれ、その子が死んでもまた別の子が生まれる。死んだ子の名前が生まれた子につけられ、生き残った子が親の跡を継ぐ——四季の営みのように円環的なこの時間軸においては、子どもは没個性的な存在であった。

それとは対照的に、「子ども」の価値や個性を見出した近代社会は、上昇をめざし発展する、ある意味「未来志向」の時代であったといえよう。家庭で子どもたちはときに、親以上に出世することを期待された。国家もまた、富国強兵を掲げてナショナリズムに彩られた義務教育制度を整備し、子どもたち一人一人に役割や責任感を与えようとした。

その果てに生じた二度にわたる世界大戦の悲惨な経験をふまえ、戦後には子どもの権利条約が締結されて、ユニセフのような国際的機関も設立された。現在では多くの人びとが、世界中の子どもたちの健やかな成長を真摯に望んでいるであろう。けれども今日なお、苛酷な児童労働や「ストリートチルドレン」と呼ばれる子どもたちが存在する。また日本においても、児童虐待が増加したり、子どもをねらった犯罪があとを絶たないのはなぜだろうか。子どもに加えられる暴力は、未来に対する人びとの絶望感をあらわしているように思われる。子どもたちの笑顔こそが、社会の未来を保証する——そうやって考えていくと、なすべきことが本当にたくさんあるように感じられる。

もともと十八世紀から革命期のフランス史を専門としていた筆者が、二十世紀まで大風呂敷を広げることになったのは、「子ども」という視点からどのように近現代史を描くことができるか、ともあれ試みてみたかったからにほかならない。不備な点がいくつもあろうが、そうした箇所はご指摘いただければ幸いである。本書を読んで、子どもたちの過去と現在に、また未来に、思いをはせていただくことができればと願っている。

本書の執筆に際しては、多くの方々にお世話になった。とりわけ山川出版社の山岸美智子さんには、長いあいだ励ましていただいた。心からお礼を申し上げたい。

なお、本書の完成にあたっては、二〇一〇〜二〇一二年度科学研究費補助金(基盤研究C)を受けることができた(「近現代フランス史における子どものイメージ——実態と表象」課題番号二二五二〇七四九)。記して感謝の意を表する。

二〇一二年十月

天野知恵子

天野知恵子　あまの ちえこ
1955年生まれ
名古屋大学大学院文学研究科博士課程単位取得退学
現在，愛知県立大学外国語学部教授
主要著作：『子どもと学校の世紀——18世紀フランスの社会文化史』(岩波書店 2007)，「フランス革命と女性」(『革命と性文化』山川出版社 2005)，『フランス革命』(訳，T.C.W.ブラニング著 岩波書店 2005)，『記憶の場——フランス国民意識の文化＝社会史』全３巻(共訳，P.ノラ編 岩波書店 2002-03)

子《こ》どもたちのフランス近現代史《きんげんだいし》
2013年４月20日　第１版１刷印刷
2013年４月30日　第１版１刷発行

著　者　天野知恵子《あまのちえこ》
発行者　野澤伸平
発行所　株式会社山川出版社
〒101-0047　東京都千代田区内神田1-13-13
電話　03(3293)8131(営業)　8134(編集)
http://www.yamakawa.co.jp/
振替　00120-9-43993
印刷所　株式会社シナノパブリッシングプレス
製本所　株式会社ブロケード
装　幀　菊地信義

ISBN978-4-634-64061-0

索　引

●ア行

●カ行

●サ行

●タ行

●ナ行

●ハ行

●マ行

●ヤ行

●ラ行

● A–Z

関連年表

	おもな出来事	本書とかかわる出来事
1661	ルイ14世親政開始	
1668		ラ・フォンテーヌ『寓話集』
1670		パリ捨て子養育院の整備はじまる
1697		『ペロー物語集』
1715	ルイ15世即位	
1762		ルソー『エミール』
1782		ベルカン『子どもの友』(～1783)
1789	フランス革命勃発	
1792	第一共和政(～1804)	
1793	ルイ16世処刑	バラとヴィアラの顕彰(～1794)
1797		フレヴィル『有名な子どもたちの生涯』
1804	第一帝政(～1814)	
1814	復古王政(～1830)	
1830	七月革命	
	七月王政(～1848)	
1833		市町村に初等学校の設置を定めた法
1841		バルザック『二人の若妻の手記』
		児童労働を制限した最初の法
1848	二月革命	
	第二共和政(～1852)	
1852	第二帝政(～1870)	
1857		フロベール『ボヴァリー夫人』
1858		セギュール夫人『小さな模範的令嬢たち』
1859		セギュール夫人『ソフィの災い』
1862		ユゴー『レ・ミゼラブル』

1864		『教育娯楽雑誌』発刊(〜1915)
1869		フローベール『感情教育』
1870	普仏戦争	
1871	パリ・コミューン 第三共和政(〜1940)	
1874		里子に出される乳児の健康に関する法
1877		ブリュノ『二人の子どものフランス巡り』 ゾラ『居酒屋』
1878		マロ『家なき子』
1879		ヴァレス『子ども』
1881		初等義務教育を定めたフェリー法(〜1882)
1888		ヴェルヌ『十五少年漂流記』
1889		家庭での児童虐待を禁止する法
1893		マロ『家なき娘』
1894		ルナール『にんじん』
1904		ギヨマン『ある百姓の生涯』
1914	第一次世界大戦勃発	
1916	ヴェルダンの戦い	祈りによる「子ども十字軍」結成
1918	第一次世界大戦終結	
1923		ラディゲ『肉体の悪魔』
1939	第二次世界大戦勃発	
1940	ヴィシー政府樹立	学生たちの抗議デモ
1941		ギィ・モケ処刑される
1942		パリでヴェル・ディヴ事件
1944	パリ解放	
1945	第二次世界大戦終結	
1946	第四共和政(〜1958)	
1953		フィナリー兄弟事件決着
1958	第五共和政(〜現在)	
1960		カミュ『最初の人間』(遺稿)

参照・引用文献

引用文献

本文中において著者名や作品名を示し引用・言及した作品は，以下のとおりである（記載順）

はじめに・第1章

フィリップ・アリエス，杉山光信・杉山恵美子訳『〈子供〉の誕生——アンシャン・レジーム期の子供と家族生活』みすず書房　1980

シャルル・ペロー，新倉朗子訳『完訳ペロー童話集』岩波文庫　1982

ラ・フォンテーヌ，今野一雄訳『ラ・フォンテーヌ　寓話』上下　岩波文庫　1972

ジャン＝ジャック・ルソー，今野一雄訳『エミール』上中下　岩波文庫　1962-64

Arnaud BERQUIN, *L'Ami des enfants*, Nouvelle édition, précédée d'une notice biographique par J. N. BOUILLY, Garnier Frères, s.d.

A. -F. -J. FRÉVILLE, *Vie des enfants célèbres, ou les modèles du jeune âge*, 2 vol., Paris, an VI (documents électroniques).

COMTESSE DE SÉGUR, *Les petites filles modèles*, Hachette, 1930.〔セギュール夫人，平岡瑤子・松原文子訳，三島由紀夫監修『ちっちゃな淑女たち——カミーユとマドレーヌの愛の物語』小学館　1970〕(※訳は筆者)

——, *Les malheurs de Sophie*, Folio junior, Gallimard, 1977.

エクトール・マロ，二宮フサ訳『家なき子』上中下　偕成社文庫　1997

———，二宮フサ訳『家なき娘』上下　偕成社文庫　2002
ジュール・ヴェルヌ，波多野完治訳『十五少年漂流記』新潮文庫　1951
G. BRUNO, *Le tour de la France par deux enfants*, Librairie classique E.BELIN, réimp., 2002.
オノレ・ド・バルザック，鈴木力衛・杉捷夫訳『バルザック全集 16』東京創元社　1974
ギュスターヴ・フローベール，生島遼一訳『感情教育』上下　岩波文庫　1971
———，伊吹武彦訳『ボヴァリー夫人』上下　岩波文庫　1939
ジュール・ヴァレス，朝比奈弘治訳『子ども』上下　岩波文庫　2012
ジュウル・ルナアル，岸田国士訳『にんじん』岩波文庫　1950

第２章

ヴィクトル・ユゴー，佐藤朔訳『レ・ミゼラブル』全５巻　新潮文庫　1967
エミール・ゾラ，小倉孝誠・菅野賢治編訳『ゾラ・セレクション 10 時代を読む 1870-1900』藤原書店　2002
ゴンクール兄弟，斎藤一郎編訳『ゴンクールの日記』上下　岩波文庫　2010
コナン・ドイル，阿部知二訳『シャーロック・ホームズ全集 III』河出書房新社　1958
マルタン・ナド，喜安朗訳『ある出稼石工の回想』岩波文庫　1997
Émile GUILLAUMIN, *La vie d'un simple*, Éditions Stock, 1943.
ギィ・ド・モーパッサン，高山鉄男編訳『モーパッサン短篇選』岩波文庫　2002
フレデリック・ミストラル，杉冨士雄訳『青春の思い出』富岳書房　1989

エクトール・マロ，二宮フサ訳『家なき子』上中下　偕成社文庫　1997
リザ・テツナー，酒寄進一訳『黒い兄弟』上下　あすなろ書房　2002
エクトール・マロ，二宮フサ訳『家なき娘』上下　偕成社文庫　2002
Jeanne BOUVIER, *Mes Mémoires*, La Découverte/Maspero, 1983.
エミール・ゾラ，田辺貞之助・河内清訳『居酒屋』上下　岩波文庫　1955
Emilie CARLES, *Une soupe aux herbes sauvages*, Robert Laffont, 1981.

第3章

René PONTHUS, *Au temps de la Grande Guerre*, Casterman, 1998.
Thierry APRILE, *Le journal d'un enfant pendant la Grande Guerre: Rose, France 1914-1918*, Gallimard Jeunesse, 2004.
フランソワーズ・ドルト，東郷和子訳『少女時代』みすず書房　1996
シモーヌ・ド・ボーヴォワール，朝吹登水子訳『ある女の回想――娘時代』紀伊國屋書店　1961
ジャン＝ルイ・バロー，石沢秀二訳『明日への贈物――ジャン＝ルイ・バロー自伝』新潮社　1975
アルベール・カミュ，大久保敏彦訳『最初の人間』新潮文庫　2012
江口清『天の手袋――ラディゲの評伝』雪華社　1969
レーモン・ラディゲ，中条省平訳『肉体の悪魔』光文社古典新訳文庫　2008

第4章

Jean-Louis BESSON, *Paris Rutabaga: Souvenirs d'enfance 1939-1945*, Gallimard Jeunesse, 2005.〔ジャン＝ルイ・ベッソン，加藤恭子・平野加代子訳，澤地久枝解説『ぼくはあの戦争を忘れない』

講談社　2001〕(※訳は筆者)
コレット・ヴィヴィエ，末松氷海子訳『ぼくは英雄を見た――レジスタンスの少年たち』偕成社　1986
マルク・ブロック，平野千果子訳『奇妙な敗北――1940年の証言』岩波書店　2007
Lucie AUBRAC, *La Résistance expliquée à mes petits-enfants*, Seuil, 2000.
アネット・ヴィヴィオルカ，山本規雄訳『娘と話すアウシュヴィッツってなに？』現代企画室　2004
Serge KLARSFELD, *La Shoah en France 4: Le mémorial des enfants juifs déportés de France*, Fayard, 2001.
エレーヌ・ベール，飛幡祐規訳『エレーヌ・ベールの日記』岩波書店　2009
デボラ・ドワーク，芝健介監修，甲斐明子訳『星をつけた子供たち――ナチ支配下のユダヤの子供たち』創元社　1999
キャシー・ケイサー，石岡史子訳『エーディト，ここなら安全よ』ポプラ社　2007
ジョジアーヌ・クリュゲール，小沢君江訳『ボッシュの子――ナチス・ドイツ兵とフランス人との間に生まれて』祥伝社　2007

参照文献

全体にかかわるもの・第1章

イヴォンヌ・クニビレール，カトリーヌ・フーケ，中嶋公子ほか訳『母親の社会史――中世から現代まで』筑摩書房　1994
リン・ハント，西川長夫ほか訳『フランス革命と家族ロマンス』平凡社　1999

ジャン＝ルイ・フランドラン，森田伸子・小林亜子訳『フランスの家族——アンシャン・レジーム下の親族・家・性』勁草書房　1993
フランソワ・ルブラン，藤田苑子訳『アンシァン・レジーム期の結婚生活』慶應義塾大学出版会　2001
天野知恵子『子どもと学校の世紀——十八世紀フランスの社会文化史』岩波書店　2007
石澤小枝子ほか『フランスの子ども絵本史』大阪大学出版会　2009
私市保彦『フランスの子どもの本』白水社　2001
末松氷海子『フランス児童文学への招待』西村書店　1997
姫岡とし子『世界史リブレット 117　ヨーロッパの家族史』山川出版社　2008
藤田苑子『フランソワとマルグリット——18世紀フランスの未婚の母と子どもたち』同文舘出版　1994
森田伸子『子どもの時代——『エミール』のパラドックス』新曜社　1986
Egle BECCHI et Dominique JULIA, *Histoire de l'enfance en Occident*, 2 vol., Seuil, 1998.
Marie-Pierre FOISSY-AUFRÈRE et al., *La mort de Bara*, musée Calvet, Avignon, 1989.
Michèle GUIDETTI, Suzanne LALLEMAND et Marie-France MOREL, *Enfances d'ailleurs, d'hier et d'aujourd'hui*, Armand Colin, 2000.
Michelle PERROT, *Mon histoire des femmes*, Seuil, 2006.
Marie-Christine VINSON, *L'éducation des petites filles chez la Comtesse de Ségur*, Presse universitaire de Lyon, 1987.

第2章
岡部造史「フランスにおける乳幼児保護政策の展開(1874-1914年)——ノール県の事例から」『西洋史学』215号　2004
———「フランス第三共和政における児童保護の論理——「不幸な子供」をめぐる議論を中心に」『メトロポリタン史学』第3号　2007
高田宏『子供誌』平凡社　1999
谷川稔『十字架と三色旗——もうひとつの近代フランス』山川出版社　1997
長谷川イザベル，長谷川輝夫訳『共和国の女たち——自伝が語るフランス近代』山川出版社　2006
福井憲彦『ヨーロッパ近代の社会史——工業化と国民形成』岩波書店　2005
Dominique BRISSON, *La vie des écoliers au temps de Jules Ferry*, Éditions du Sorbier, 2001.
Frédéric CHAUVAUD, “Gavroche et ses pairs”, *Cultures et Conflits*, no.18: La violence politique des enfants, 1995.
Maurice CRUBELLIER, *L'enfance et la jeunesse dans la société française 1800-1950*, Armand Colin, 1979.
Karine DELOBBE, *Des enfants au XIXe siècle*, Pemf, 2000.
Philippe GODARD, *Les paysans de la Révolution française à 1914*, Éditions du Sorbier, 2004.
———, *La vie des enfants travailleurs pendant la révolution industrielle*, Éditions du Sorbier, 2001.
Sylvine REY et Jeanne LEHUÉDÉ, *À l'école de Jeanne: mémoires d'une institutrice de campagne*, Geste éditions, 2006.
Catherine ROLLET, *Les enfants au XIXe siècle*, Hachette Littératures, 2001.

Catherine ROLLET-ECHALIER, *La politique à l'égard de la petite enfance sous la IIIe République*, PUF, 1990.

第3章

Stéphane AUDOIN-ROUZEAU, *La guerre des enfants 1914-1918: essai d'histoire culturelle*, Armand Colin, 1993.
———, "L'enfant héroïque en 1914-1918" dans Jean-Jacques BECKER et al., *Guerre et cultures: 1914-1918*, Armand Colin 1994.
Yves CONGAR, *Journal de la Guerre 1914-1918*, Le Cerf, 1997.
Enfances en guerre, *Vingtième Siècle*, spécial, no.89, 2006.
Olivier FARON, *Les enfants du deuil: orphelins et pupilles de la nation de la première guerre mondiale (1914-1941)*, Éditions La Découverte, 2001.
Philippe GODARD, *La Grande Guerre 1914-1918*, Éditions du Sorbier, 2003.
Jean-Pierre GUÉNO et Yves LAPLUME (sous la dir. de), *Paroles de Poilus: Lettres et carnets du front (1914-1918)*, J'ai lu, 1998.
Manon PIGNOT, *La guerre des crayons: Quand les petits Parisiens dessinaient la Grande Guerre*, Parigramme, 2004.
———, "Les enfants" dans Jean-Jacques BECKER et Stéphane AUDOIN-ROUZEAU (sous la dir. de), *Encyclopédie de la Grande Guerre 1914-1918: Histoire et culture*, Bayard, 2004.
Jean-Louis PILLIAT, "1914-1918, la 'mobilisation' des enfants", *Gavroche: revue d'histoire populaire*, mars-avril, 1996.
Antoine PROST, *La Grande Guerre expliquée à mon petit-fils*, Seuil, 2005.

第4章

ジャン＝F・フォルジュ，高橋武智訳，高橋哲哉解説『21世紀の子どもたちに，アウシュヴィッツをいかに教えるか？』作品社　2000
芝健介『ホロコースト』中公新書　2008
山本耕二『祖国フランスを救え——レジスタンスにかけた青春』草の根出版会　2001
渡辺和行『ナチ占領下のフランス——沈黙・抵抗・協力』講談社　1994
———『ホロコーストのフランス——歴史と記憶』人文書院　1998
Jean-Pierre AZÉMA, “Guy Môquet, Sarkozy et le roman national”, *L’Histoire*, no.323, 2007.
———, *1940: l’année noire*, Fayard, 2010.
Pierre-Louis BASSE, *Guy Môquet: Une enfance fusillée*, Stock, 2008.
Jean-Marc BERLIÈRE et Franck LIAIGRE, *L’affaire Guy Môquet: Enquête sur une mystification officielle*, Larousse, 2009.
Philippe CHAPLEAU, *Des enfants dans la Résistance (1939-1945)*, Ouest-France, 2008.
Raphaël DELPARD, *La Résistance de la jeunesse française 1940-1944*, Pygmalion, 2009.
Jean-Pierre GUÉNO, *Les enfants du silence: Mémoires d’enfants cachés 1939-1945*, Milan, 2003.
Anne-Karine JOVELIN, “Sur la trace des enfants cachés: histoire d’une reconstruction”, *Trames*（IUFM de Rouen）, no.7, 2000.
André KASPI, “L’église et la synagogue: L’affaire des enfants Finaly”, *Les collections de l’Histoire*, no.10, 2001.
Germain LATOUR, *Les deux orphelins: L’affaire Finaly 1945-*

1953, Fayard, 2006.
Céline MARROT-FELLAG ARIOUET, "Les enfants cachés pendant la seconde guerre mondiale aux sources d'une histoire clandestine", Le compte-rendu de l'hommage public à Yvonne et Roger Hagnauer, le samedi 4 juin 2005 à Sèvres (documents électroniques).
Jean-Paul PICAPER et Ludwig NORZ, *Enfants maudits*, Éditions des Syrtes, 2004.
Catherine POUJOL, *Les enfants cachés: L'affaire Finaly (1945-1953)*, Berg international Éditeurs, 2006.
Jean-Marie POUPLAIN, *Les enfants cachés de la "Résistance"*, Geste éditions, 1998.
Fabrice VIRGILI, *Naître ennemi: les enfants de couples franco-allemands nés pendant la Seconde Guerre mondiale*, Payot, 2009.

図版出典一覧

図1　『ペロー物語集』「赤ずきん」よりオオカミと赤ずきん：Charles PERRAULT, *Contes de ma mère l'Oye*, Folio junior, Gallimard, 1977, p.45.

図2　『ペロー物語集』より「親指小僧」：Charles PERRAULT, *Contes de ma mère l'Oye*, Folio junior, Gallimard, 1977, p.114.

図3　幸福な家族：Arnaud BERQUIN, *L'Ami des enfants*, Nouvelle édition, précédée d'une notice biographique par J. N. BOUILLY, Garnier Frères, s. d., p.xv.

図4　革命期の英雄少年バラ：Marie-Pierre FOISSY-AUFRÈRE et al., *La mort de Bara*, musée Calvet, Avignon, 1989, p.84.

図5　革命期の英雄少年ヴィアラ：Marie-Pierre FOISSY-AUFRÈRE et al., *La mort de Bara*, musée Calvet, Avignon, 1989, p.33.

図6　継母に折檻されるソフィ：Marie-Christine VINSON, *L'éducation des petites filles chez la Comtesse de Ségur*, Presse universitaire de Lyon, 1987, pp.244-245.

図7　人形の足を溶かしてしまったソフィ：COMTESSE DE SÉGUR, *Les malheurs de Sophie*, Folio junior, Gallimard, 1977, p.16.

図8　トロッコを押すペリーヌ：Hector MALOT, *En famille*, première partie, Folio junior, Gallimard, 1980, p.184.

図9　ペリーヌの祖父の工場：Hector MALOT, *En famille*, première partie, Folio junior, Gallimard, 1980, pp.174-175.

図10　ウジェーヌ・ドラクロワ「民衆を率いる自由の女神」(部分)：Karine DELOBBE, *Des enfants au XIXe siècle*, Pemf, 2000, p.5.

図11　農村の暮らし：Philippe GODARD, *Les paysans de la Révolution française à 1914*, Éditions du Sorbier, 2004, p.19.

図12　少年炭坑夫：Philippe GODARD, *La vie des enfants travailleurs pendant la révolution industrielle*, Éditions du Sorbier, 2001, p.19.

図13　煙突掃除の少年：Philippe GODARD, *La vie des enfants travail-*

leurs pendant la révolution industrielle, Éditions du Sorbier, 2001, p. 30.

図14　指を怪我したロザリー：Hector MALOT, *En famille*, première partie, Folio junior, Gallimard, 1980, p.187.

図15　村の小学校の授賞式：Dominique BRISSON, *La vie des écoliers au temps de Jules Ferry*, Éditions du Sorbier, 2001, p.47.

図16　村の小学校の記念写真：Dominique BRISSON, *La vie des écoliers au temps de Jules Ferry*, Éditions du Sorbier, 2001, p.18.

図17　女生徒たちと女性教師：Sylvine REY et Jeanne LEHUÉDÉ, *À l'école de Jeanne: mémoires d'une institutrice de campagne*, Geste éditions, 2006, pp.104-105.

図18　ジャン＝コランタン・カレの顕彰：Philippe GODARD, *La Grande Guerre 1914-1918*, Éditions du Sorbier, 2003, p.41.

図19　『大戦争の時代』の表紙：René PONTHUS, *Au temps de la Grande Guerre*, Casterman, 1998.

図20　『大戦争期の子どもの日記』の表紙：Thierry APRILE, *Le journal d'un enfant pendant la Grande Guerre: Rose, France 1914-1918*, Gallimard Jeunesse, 2004.

図21　「国債に応じよう」と呼びかけるポスター：Philippe GODARD, *La Grande Guerre 1914-1918*, Éditions du Sorbier, 2003, p.25.

図22　エミール・デプレの物語：Stéphane AUDOIN-ROUZEAU, *La guerre des enfants 1914-1918: essai d'histoire culturelle*, Armand Colin, 1993, pp.96-97.

図23　爆弾で吹っ飛ぶドイツ兵：Manon PIGNOT, *La guerre des crayons: Quand les petits Parisiens dessinaient la Grande Guerre*, Parigramme, 2004, p.92.

図24　ドイツ皇帝の雪だるま：Manon PIGNOT, *La guerre des crayons: Quand les petits Parisiens dessinaient la Grande Guerre*, Parigramme, 2004, p.122.

図25　『パリ，ルタバガ』の表紙：Jean-Louis BESSON, *Paris Rutabaga: Souvenirs d'enfance 1939-1945*, Gallimard Jeunesse, 2005.

図26　『パリ，ルタバガ』にみるヴェル・ディヴ事件へのカトリック司祭のコ

メント：Jean-Louis BESSON, *Paris Rutabaga: Souvenirs d'enfance 1939-1945*, Gallimard Jeunesse, 2005, p.57.
図27　ギィ・モケの遺書：Philippe CHAPLEAU, *Des enfants dans la Résistance (1939-1945)*, Ouest-France, 2008, p.11.
図28　ギィ・モケと弟のセルジュ：Philippe CHAPLEAU, *Des enfants dans la Résistance (1939-1945)*, Ouest-France, 2008, p.10.
図29　移送された人びとの名前を刻んだ壁(パリのショアー記念館)：筆者撮影
図30　移送されたユダヤ人の少年・少女：Serge KLARSFELD, *La Shoah en France 4: Le mémorial des enfants juifs déportés de France*, Fayard, 2001, pp.754-755.
図31　シモン夫妻とモワサックで生き延びた子どもたちが建設した顕彰碑：Kathy KACER, *Hiding Edith: A True History*, A & C Black, 2009, pp.48-49,112-113.
図32　エーディト・シュワルブの家族：Kathy KACER, *Hiding Edith: A True History*, A & C Black, 2009, pp.48-49.
図33　フィナリー兄弟と叔母ロスナー夫人：Germain LATOUR, *Les deux orphelins: L'affaire Finaly 1945-1953*, Fayard, 2006, pp.330-331.